心智是银，行动是金

程应峰 著

江西教育出版社
JIANGXI EDUCATION PUBLISHING HOUSE

图书在版编目（ＣＩＰ）数据

心智是银，行动是金 / 程应峰著. -- 南昌：江西
教育出版社, 2018.9
　　（悦读文库）
　　ISBN 978-7-5705-0360-5

Ⅰ. ①心… Ⅱ. ①程… Ⅲ. ①散文集－中国－当代
Ⅳ. ①I267

中国版本图书馆 CIP 数据核字(2018)第 127494 号

心智是银，行动是金
XINZHI SHIYIN　XINGDONG SHIJIN

程应峰　著

江西教育出版社出版
(南昌市抚河北路 291 号　　邮编：330008)
各地新华书店经销
江西省和平印务有限公司印刷
720 毫米×1000 毫米　　16 开本　　13 印张　　字数 180 千字
2018 年 9 月第 1 版　　2018 年 9 月第 1 次印刷
ISBN 978-7-5705-0360-5
定价：26.00 元

赣教版图书如有印装质量问题，请向我社调换　电话：0791-86710427
投稿邮箱：JXJYCBS@163.com　　　　电话：0791-86705643
网址：http://www.jxeph.com

赣版权登字-02-2018-344

目录

第三辑
心智是银，行动是金

水 的 姿 态

　　水是柔软的，水是剔透的，水是缠绵的。柔软的水一旦变得冷冽，便会有棱有角，坚硬成冰；剔透的水一旦对环境有所反应，便会行为异样，姿态混浊；缠绵的水一旦勃发狂怒，便会波涛汹涌，卷泥带沙，酿造灾难。

　　水，可以平静如镜，可以微波荡漾；可以奔突飞泻，可以潺潺回旋。无论何种姿态，水，总能让人感觉到它的美丽。野山溪涧，幽谷一潭，旷野一脉，凌空一线，平阳阔水，水天相连，总能恰到好处地将天光山色、自然音律演绎得有声有色，多姿多彩。

　　平静的水，含蓄而内敛。一旦它高涨的热情抵达临界，便会了无拘束地蒸发、舞蹈、升腾。流动的水，一旦成海，展现出的便是动荡变幻、波澜壮阔、汹涌澎湃。浑圆的水，一如汗水和泪水，它们以咸涩的姿态，从身体中冒出来，从心田里流出来，或昭示劳作艰辛，或蕴藏珍贵情感。

　　就像人与人之间可以相亲相爱一样，溪涧与溪涧之间，河流与河流之间，湖泊与湖泊之间，海洋与海洋之间，是可以相融相通的。水，永远坚守着自己的方向，哪怕途中有千般阻挠，万般挫折，它也会始终如一，且歌且舞，永不言弃。

　　水，是灵活的，变通的，它审时度势，随形而存，以势而发。因此，

水可载舟，亦可覆舟。水，是包容的，超越的，正因为这样，它可以让劣势变优，优势更优。它渗透到动物中，便有了活力和圆润；它渗透到植物中，便有了鲜美和醇香。它延伸到哪里，生命便会在哪里接续延伸。

水的姿态是哲学的。它清浊并吞，随方亦圆，它上波下静，变幻无穷；它渗透扩散，急流澄清……无论是滴珠凝翠，还是碧波万顷；无论是清流回转，还是恣肆狂浪。水的性格、情调、灵韵、姿态，永远是人类心灵的另一种映现和展示。

"见山是山，见水是水；见山不是山，见水不是水；见山还是山，见水还是水。"心态寓于山水之间，智者才成为智者。水，生命之本，万物之源，是智慧与活力的象征。在时间与空间的不断更替中，水，造就着生命世界的和谐。它变幻莫测的特质，气象万千的灵性，带给人类的，是永无止境的点拨，永不枯竭的启迪。

水，注入杯中那一刹那，在杯底荡起谜一般的漂亮回旋，绕起妙不可言的柔美曲线。都说女人是水做的，女人之于水，真真切切是最好的诠释。事实上，水的姿态是人的姿态，更确切地说，是女人的姿态。握一杯水于手中，再粗放的人，也能在纯粹的状态中，感知俗态生命的晶莹和美丽、圆润和柔软。

开成一朵水仙花

迁入新居后不久的一个周末，妻拉着我走进了花卉市场。虽然是冬天，但那天的阳光暖暖的，暖出了一种情调，暖出了生而为人对尘世的眷恋。而那些在冬日阳光下开放的花，音律般，在周遭起伏荡漾，鸟语般，在感觉中呢喃婉转，将温馨明丽的心境衬托得格外欢畅。

女人大抵是与花结了缘的，一走进花卉市场，妻便笑靥如花了。在我看来，愈是明艳的花，愈能够撞入她的眼帘，闯入她的心扉。她终于在一盆开得热热闹闹的菊花前站住了。在她和店主讨价还价的当儿，我看见了数十个鳞茎生得像大蒜一样的东西，寂寞地搁置在一盆清水里，便问，这蒜疙瘩样的东西是什么？店主答：水仙。我顺口问了价钱，店主说，优惠给你，10元钱两个。我说，给我拿两个吧。店主将我要的两个"蒜疙瘩"装好，还送了我一个塑料花盆和若干颗细碎的彩色石子。

回到家，妻将那盆菊花摆在了客厅里她认为最恰当的地方。我呢，则将塑料花盆盛满清水，然后将那些细碎的石子洗濯了一番，放入清水中，然后将水仙移入，将花盆放在了茶几上。既然将水仙搬入家中，作为一种景致，就没有理由对水仙这种植物一无所知了。从爱水仙养水仙的朋友那里得知，水仙有雅蒜、天葱、凌波仙子之谓，水仙开出的水仙花被

称为金盏、雅客、女星等等。

关于水仙，有很多传说，其中有这样一个传说，我认为是最贴切的。很久很久以前，有个英俊的少年因口渴来到溪水边。他低下身子的刹那，看见水中有一个英俊少年，一双黑而亮的大眼睛，苹果般光洁的脸，笔挺的鼻子，红润的唇。他一下子就被这个少年迷住了，忘了吃忘了喝，忘了采野花，忘了和鸟儿说话，忘了同小动物嬉戏。天黑了他就睡在溪水边，天亮了他就痴情地望着心爱的水中少年。一天又一天，水中的少年渐渐消瘦了，眼睛失去了神采，脸失去了红晕，红润的唇变得干裂。他很伤心，水中的少年也很伤心，他不知道水中的少年就是他自己。几天后，意识模糊的少年一下子栽进了溪水中。过了些时日，那儿就长出了一大片水仙。后来，每当水仙花开，人们就会想起那个少年。

当我从这个故事中回过神来，感觉中，水仙花就成了花中的精灵，灵性、内敛而不张扬。它所求不多，只要给它一泓清水，就可以一展姿容后吐露芳香。所有这些，从我将"蒜疙瘩"移入花盆那一刻起，一步一步地得以印证。

"蒜疙瘩"移入花盆没几日，那看似粗放的鳞茎里就长出了碧绿的叶子，那份绿，一眼瞅去，便让人怦然心动。在时光的流向里，一不经意，水仙就抽出了亭亭玉立的花箭，顶着花苞，傲然于绿叶之上。在花苞未打开之前，我不明白那里面蕴藏着怎样的芬芳。一段时日的等待后，花苞终于悄无声息地绽开了。它绽开的时候，就那么一丁点儿大，一两天后，它就全然绽放，硬币大小，花瓣洁白，花蕊金黄，凑近花蕊一嗅，便有清香直入心扉。它的白，它的香，可真是"嫩白应欺雪，清香不让梅"（秋瑾《水仙花》）啊！

我不知道那不起眼的"蒜疙瘩"体内到底蕴藏着什么，但我知道，一瓢清水的滋养，便可以让它绽开美丽，散发芳香。我更知道，它的芳香，是与水结了缘的，没有水，再珍贵的芳香也会无言消逝，默默枯萎。生而为人，谁的灵魂深处不会蕴藏一些美好的元素，只要有合适的外部条件，这些元素就会演变出人性的芬芳。开成一朵水仙花吧，尽情散发你身体和灵魂深处的美丽潜能，这，何尝不是身在红尘中最朴实的梦想。

北戴河听涛

应邀参加笔会，有机会再次走进北戴河，亲近北戴河。

五年前路过北戴河，因时间关系，一行人下车后，在海滨走了走，而后于镌刻着毛泽东诗词《浪淘沙·北戴河》的礁石前，伫立了片刻。艳阳丽日的映照下，礁石上那一抹彤红，显得格外醒目："大雨落幽燕，白浪滔天……"

只是，记忆中的那一天，晴空丽日，风平浪静，扑入视野的海面，如一匹阔大的蓝色绸布，展现出平阳阔野般的绚美。北戴河的涛声隐匿在绸布下面，也隐匿在属于我的蓝色记忆中。词中滔天的白浪，只能在蔚蓝如海面的心之苍穹轰然作响。

这一次，有了宽松的时间。抵达北戴河，于朝东的、面海的、有着落地玻璃窗的房间安顿下来。白天，可以临海观涛；晚上，可以卧枕听涛。只要有心情，只要有兴致，只要能看能思能想，随时可以感受大海恢宏博大的情怀。

走出房间，穿过滨海路，便进入了海滨浴场。那里，人潮涌动，七色缤纷。大海之美，因人的集聚，来去，愈发亮丽着、蓬勃着、生动着。

晴朗的日子，午后的海滨浴场，俨然是人间伊甸园。宽阔的沙滩上，沙软潮动,凉气轻拂。游人一旦置身沙滩,便会心旷神怡,顿觉暑气全消。脱下鞋袜,赤脚走在湿润细软的沙滩上,荡漾的海水便会有节奏地自脚背爬上爬下,在脚踝处亲吻揉搓;成群的小鱼在伸手可及的地方轻快悠游,那份盎然趣味,让流盼的眼波愈发丰盈。此时此刻,涛声如有情人间的私语,忽隐忽现,缥缥缈缈。一旦跃入万顷碧波,畅游在渴盼已久的向往里,涛声便带着它的幽蓝,它的咸涩,它的诡异,直入耳郭,随身体起落沉浮。这样的时候,人生的闲适舒展,快乐惬意,便了无拘束地融入这份恣意而为的跌宕起伏之中了。

风雨骤起时,大海由平静而动荡,由绚丽而壮观。滔天巨浪在海面上推拥着、奔突着、汹涌着、翻腾着。在空阔地带,海浪峰峦叠起,纵横驰骋,集聚着排山倒海的力量。近海岸的地方,一道道海浪席卷着沙滩,拍打着礁石,海面在瞬息之间变幻着,或状如丘陵,连绵起伏,或形似田畴,纵横交错。风雨交错之际,雪浪飞溅之间,涛声轰鸣而来,轰鸣而去。这样的时候,断然是听不到软语呢喃、窃窃私语的。能听见的,只有浪涛与浪涛之间壮怀激烈的交汇,浪涛与礁石之间惊心动魄的拍击,一阵紧似一阵,如呐喊,似怒吼,如呼啸,似惊雷。

面对大海,个体的人是如此微不足道。然而,那涛声,那些或悠扬或激荡的潮声,会带给人们多少绚丽的遐思,不尽的狂想啊。我想,一个庸常之人,在倾听大海、发现大海、领会大海的灵性之时,一定会在刹那之间产生心的共鸣,灵的震颤,对人生有了全新的感悟和认知,继而迸发出坚定的信念,搏击的勇气,不可阻挠的力量。

天光水色,如歌如画;帆影涛声,亦诗亦酒。北戴河袒露在世人面前的,是真切实在的美丽。北戴河是妖娆绮丽的,北戴河是丰盈多姿的,北戴河是有着如水性情的。在北戴河听涛,我在听见大海脉动的同时,也感受着生而为人可以拥有的磅礴心境。

邂逅水梅花

酷暑的一天，妻一进门，就从冰箱里取出一瓶冰冻矿泉水，顺手将它放在茶几上了。不大一会儿，她将矿泉水瓶挪开的时候，茶几上出现了同矿泉水瓶瓶底凹纹一样的图案——一朵凸显的水渍梅花。那个无色的梅花水印凸显在我视线中的那一刻，我的大脑中立马蹦出美轮美奂的三个字——"水梅花"。

曾经的感觉知觉里，只有红梅、白梅、黄梅。所有的这些梅花，都是我在寒冬时节目睹过的。我大脑中迸出"水梅花"的概念，完全是看见水渍图案时，一刹那间的想象。

水—梅—花，多么温软美妙令人浮想联翩的字眼。一个水字，让人想到似水温柔，如波情态；一个梅字，让人读出清香醇正，玉洁冰清；花，一种馨香的语言，昭示着生命的美丽、多姿、斑斓、浪漫。水梅花，世间究竟有没有这样一种一听就让人心动的植物呢？

怀着好奇心，借助因特网，我发现，还真的存在一种叫"水梅花"的植物：一类水梅花属草本植物，一类水梅花属木本植物。

草本水梅花在七月开得最盛，茎细而脆，一碰就断，但很容易成活，只要将很小的花芽掐下来放到水里，几天后，花芽就能长出白嫩的根，移栽到花盆，时过不久，水梅花就亭亭玉立了。花开时节，粉红的花朵点缀在绿叶间，煞是好看。

木本水梅花属灌木类，花期也在七月，其主干柔韧结实，最适宜盆景制作。花开时，细碎的五瓣单层小白花，一朵挨一朵，清醒而热闹。这些清纯的小白花，点缀在青枝绿叶间，开成禅意之境，如白鹤振翅、似梵音缠绕。

常见的红梅、白梅、黄梅，耐得清寒；水梅花则耐得暑热。对它们来说，清寒和暑热是截然相反的历练和考验，而恰恰是这些，成就了它们的香醇。生而为人，总会遭遇许许多多不可避免的"清寒和暑热"，正是因为有"清寒和暑热"的存在，庸常的人，才被磨炼得更具忍耐力，更有进取心。

随着水分的蒸发，茶几上那朵清纯剔透的水梅花渐消渐散，只留下一个清晰的梅花水印，这个水印裹挟着心灵的暗香，深深地嵌入了我的记忆之中。老实说，如果不是茶几上凸显出的那朵水渍梅花图案，我是无缘知道世间还有水梅花这样一种植物的。事实上，在我们平淡的生活中，无论是人与人之间，还是人与动物或植物之间，该有多少这样值得回味的偶然啊！

尘世之间，生命的际遇乃至香醇都是一种机缘，这种机缘带给人的，往往是意想不到的惊喜，甚至是丰厚的回报。一如夏日的那天，因为生活的偶然，我有缘邂逅水梅花，认识水梅花，并深深地感受它的暗香一样。

心灵的矿藏

夜间下过一场雪，早晨起来，透过阳台上绿茵茵的玻璃，依稀可见低落的屋顶上有一些零星的淡白。推开窗户，湿湿的寒流迎面扑来，一瞬间，便有了春寒正浓的感觉。冷。虽说不至于彻骨，却依然袭人。走出户外，走上街头，寒湿的气息氤氲在城市的河道里，在每一个依然裹在冬装里的、活生生的身体之外无声萦回。

恰逢双休，街上的人流并没有因天气的寒冷而减少。白昼的光芒里，城市的某些地段，永远有熙来攘去、川流不息的人群。有的人脸上溢着快乐，有的人脸上写着漠然。在同一背景下，忙的忙着，闲的闲着，有行色匆匆的，有随意闲逛的……

在中百仓储广场，我停放电动车的间隙，妻挥挥手，进了附近一家流行美发屋，风中传来一句话："我梳头去了，就一会儿，你在外面等我。"我当然得等。难得陪她出一次门，既然答应陪她，我就得负起相应的使命——要么在商场店铺外面等她，要么给她打下手拎东西。

将车子停放好，信步朝流行美发屋走去，我看见，店门口场地上很多人在那儿驻足。走近才明白，有残疾人在这儿举办演唱会。就地放着一条"残疾人演唱会"横幅，中间设有一个"爱心捐款箱"，几个残疾人一溜儿坐在一套音响后面。因为残废，入眼的画面并没什么美感可言。但在寒凉的空气中，依然可以透过他们单薄的衣衫，捕捉到鲜活生命散发出的微笑。那微笑，看起来有些异样别扭，却真切实在。

那些残疾之人，都不过是十几二十岁的年轻人，他们握着麦克风一支歌接一支歌地唱着，虽然不是什么专业演唱团体，却可以将时下的流行歌曲唱得韵味十足。他们投入的神情，专注的神态，在清凉的风中散发着丝丝缕缕、直入心底的感动。我不知道，这些歌声背后，到底藏着多少辛酸的故事；但我知道，这歌声，将所有看不见的美丽和温馨，搁进了他们的心坎里，给他们寂寞的心带来了愉悦，带来了欢乐。

有感动，就有行动。因为歌声，路过的人，大多会停下来，将一张张零钱、一枚枚硬币充满爱意地塞入"爱心捐款箱"中。最让我动容的，是一位拿着扫把的清洁工，在边上听着看着，不知想到了什么，泪水就在眼眶里打起转来。她擦擦眼睛走过去，将一张5元的纸币放入了捐款箱中；另有一个推着板车卖菜的女人路过的时候，愣愣地站在了这些残疾青年的身后，我看见她在听，那么认真，那么投入。一曲听罢，她从口袋里掏出一个布兜，层层打开，从不多的钱中取出10元钱，就近放在了一个残疾青年的手中。

捏着一张钞票，我站在现场一角，默默地看着过往的行人，沉浸在人世间绵绵不绝的缕缕温情中。然而，当我看见一些衣着光鲜的人——这其中有我认识的，也有我不认识的，神情漠然地从这儿路过时，我的心底就泛起了一丝丝莫名的隐痛。他们的漠然，让我看到，我们所处的世界，并非全部是美好，也带着初春的寒湿之气，总给人一丝丝寒凉。然而，不管怎样，这些寒凉，终究会被人世间的温情——有回春之力的和煦阳光驱散。

　　我确信，爱心，是心灵的矿藏，是人性中最本真的部分，不因贫穷而消逝，不因富有而存在。它与生俱来，藏而不露。但总能够在动情之处，自然散发。

临海遐思

在画家的缤纷世界里，我一次又一次感受过大海。那梦一样的蓝色波涛，梦一般在我的视觉世界汹涌翻滚，澎湃回旋。波涛之上，雪样的浪花飞溅着玉色灵性，阳光碎片闪烁着炫目的金黄色；海鸥在风雨中撩起黑色闪电，矗立的礁石，千年万年，承受着数不清的寂寞、拍打，饱受着永无止境的沧桑、涤荡。天人一般的波提切利，以绝伦的灵性，将爱和美的想象，绽放在春风吹拂的蓝色海洋上。

从音乐家的指间，我一次又一次倾听过大海。我听见大海在琴弦上流泻，或平静舒缓，或奔涌激荡，或窃窃私语，或热烈癫狂。于音符的起落间，我倾听过爱的月光，倾听过命运的交响，倾听过沉思者的落寞和忧伤。隐约间，我看见一袭长发、一剪背影，飘忽在海边凸起的礁石上，大海般的音律，雀跃着情和爱、痛苦和快乐，缠绕于生命的琴弦，在风云际会处高高飞扬。

自诗人作家笔下，我一次又一次品读过大海。那些奇美的文字，那些磅礴的篇章，让我在大海的华光里，感悟世界的奇妙，生命的力量。海子说："面朝大海，春暖花开。"在他看来，托举着洁白浪花的蔚蓝大海，原本就是永恒的春天啊，深邃而美丽，强大而柔软，浩渺而鲜活。

从影视镜头中，我一次又一次畅想过大海。它的动与静，如历史沉积；它的悲与欢，似岁月烟尘；它的哀与愁，含人生爱恨。海有涨潮，还有落潮；海有吞噬，亦有给予；海有亮丽，也有灰暗；海有落寞忧伤，更有喜悦欢畅。幽深而辽阔的大海，原本就是立体的图画、奔涌的激情、生命的乐章、智者的蓝本呀！

终于有一天，我禁不住大海的诱惑，来到了大海身旁。伫立在海滨，伫立在壮阔的现实中，伫立在美丽的怀想里，从浅海到深海，近海到远海，思绪随层层波澜不倦不怠地游移着，目光恋恋地抚摸着这蔚蓝色的封面。这样幽蓝啊！这样广袤啊！这样恢宏啊！这样绚丽啊！我读着沙滩，读着人群，读着浪花，读着飞鸟，读着礁石，读着帆影。所有这些，何尝不是大海的标点、生活的插页。读啊读，我读出了烟波浩渺，深刻厚重；读出了海天一色，水天相连。

晴空丽日，我赤脚站在海水中，赤身融入波光里，如贝壳，似珊瑚，如海藻，似水草。我听见，大海温润而轻盈的吟咏和歌唱；我看见，脚印，游鱼，涛头，浪花，掩映在咸涩而浪漫的蔚蓝里。

风雨骤起，海在呐喊，海在拼搏；海在呼啸，海在突围；海在怒号，海在厮杀。那才是海的韵律呢，那才有海的气势呢，那才能展示海的肺活量呢。海的另一面啊，在你目睹之后，才知道是这样的风云跌宕，浪涛连天，气势恢宏，激越回荡。

我知道，百川归海，却弄不清海的归宿在哪里。我知道，海有海的展示，在它面前，我却永远是无知的孩童。我知道，海有海的收藏，然而，穷尽一生，我才明白，人间万象，原本都延伸在大海的方向里。

尘世如海，俗事如潮，有多少爱恨情仇、争夺搏杀，就有多少平静安宁，温馨幸福。人海有涯，心海无岸，我确信，人，一旦生活在大海的氛围中，就一定可以拥有海的内蕴，海的气魄，海的灵韵，海的辉煌。

水晶般的美丽和哀愁

当北国风光千里冰封的时候，海南在光影交织、海涛逐岸、椰林簇拥的热带情调里，凸显着别致的美丽；暖风和煦的海滨浴场，蓝天白云下，依然是色彩缤纷，人潮涌动。

人杰地灵的海南，以其独特迷人的热带风光，心旷神怡的自然环境，奇特绚丽的海洋资源，质朴淳厚的民族风情闻名于世。她宛如一位清纯美丽的仙女，令人神往、喜爱；又如一颗亮丽、璀璨的明珠，吸引着海内外的游客观光游览。许多奇异的植物如面包树、旅人蕉、猪笼草都生长在这片土地上。

海南有高雅、脱俗、美丽的水晶矿。在民间，水晶是驱邪避凶、能给人带来好运的吉祥物。据说，毛主席的水晶棺就取材于海南羊角岭水晶矿。然而，海南的水晶也有过被掠夺的哀愁，据记载，海南羊角岭水晶矿在二战期间就被日本人进行过掠夺性的开采和搬运。

水晶虽然美丽，但汲取天地之气时，是不分青红皂白、阴阳邪正的。所以，有这样一种说法，购得水晶者，佩带前必先将其消磁，否则，美丽的水晶便极有可能给你平静的生活带来厄运和哀愁。海南那水晶般的哀愁，不只是凸显在水晶这个载体上，还凸显在《红色娘子军》这部影

片的拍摄场景中。《红色娘子军》是在开明地主张泽儒的庄园中拍摄的，张泽儒同影片中的南霸天陈贵苑是风马牛不相及的两个人。在海南人的心目中，张泽儒是一个大教育家、大农业家，威望非常高，他改变了海南人纯粹以渔业为主的经济生活方式，现在的海南人，已经从张泽儒当年引进的槟榔树上获得了巨大收益。张泽儒庄园大门的两侧，雕刻着这样一副对联："养天地正气，法古今完人。"其为人处世由此可见一斑。真正的十恶不赦的南霸天陈贵苑另有其人，吴琼华被南霸天陈贵苑蹂躏也实有其事，只因《红色娘子军》在张泽儒的庄园拍摄，才导致了人们将真正的南霸天陈贵苑的所有罪孽加在了张泽儒头上，这一笔糊涂账，祸及张泽儒后人，让他们蒙受了不白之冤。

从自然矿产到人文景观，真实的存在和真实的扭曲，让水晶般美丽的海南蒙上了哀愁的阴霾。在海南的经济发展过程中，又何尝不是如此？曾经的海南，因过度开发而处处烂尾楼，处处闲置房，处处泥沙路，滩涂凌乱，不堪入目。可以说，时至今日，这些水晶般的美丽和哀愁依然不乏"可圈可点"之处。

冲着海南的美丽来海南旅游的人，大抵是要从海南这一热带水果的聚集地，带一些难得一见的热带水果回家的。然而，相当一部分导购店或景点购物店，依然不动声色地做着见不得阳光的一锤子买卖，将坑顾客、宰游客当成了事业，将缺斤少两的勾当当成了事业，这其中，不正隐匿着具有水晶特色的透亮明白的哀愁。由此看来，大千世界，哪怕是盛产水晶般璀璨美丽的地域，其背后也难免会出现那么一些让人沮丧沉郁、令人不齿不快的哀愁。

水牛与白鹭的江南

我的家园，山水江南，是最具诗情画意的。如果有一场透雨下下来，让空气湿润一些，则韵味更为浓郁。

江南的夏季，特别是江南夏季迷漾的雨幕中，无论是山川荒野，还是水泽田园，常常可以见到妙趣天成、惹人心动的一幕：几点白鹭、三两头水牛，静静地聚在一起。水牛安然自得地在田间地头埋头啃草，白鹭悠闲自在地踱着碎步在水牛周边寻寻觅觅，一会儿它振翅飞上牛背，如同在地面上一样悠闲；一会儿又从牛背上翩跹而下，大胆地站到了水牛的鼻子底下。此时此刻，水牛依然从容不迫地啃着青青的野草，那种来自强大与弱小动物之间的亲近和睦，给人的感觉是如此亲切熟稔。

我生在乡下，长在乡下，常常在春夏之交，哪怕是坐在房门前，也能看见成群的白鹭扇动着宽阔的翅膀，在屋顶，在田野，在天空，翩跹飞舞。那时的感觉中，村口一棵几人合抱的大枫树，是白鹭栖息的天堂。它们早上从那儿起飞，晚上在那儿归巢。特别是深秋时节，枫叶红了，雏白鹭也长大了，白鹭的家族空前蓬勃。树冠之上，点点白鹭千姿百态，雪片般点缀在酒红色的叶片之间，远远望去，像是白色芙蓉花开在枝头，为秋天的乡野增添了飒飒生气。那种强烈的、富有动感的对比，构架出

一幅多么美妙的图景啊！那时，我每天总要看上几回，很多时候都是端着饭碗去看的。时间一长，对白鹭的生活习性也知晓了一些，它们喜欢栖息在湖泊、沼泽地和潮湿的丛林间，喜食鱼虾、昆虫和微生物，之所以愿意和水牛待在一起，除了水牛自身携带着许多昆虫和微生物外，更为重要的一点，是因为水牛啃过的草地更有利于白鹭寻觅食物。对水牛来说，白鹭的到来，可以使它免受蚊叮虫咬。因为这种互利的关系，它们在一起才显得别样的安详和谐。

"漠漠水田飞白鹭"，田畴上空，白鹭翩翩起舞，翅膀扇出的又何止是尘世间的优美和谐！"两个黄鹂鸣翠柳，一行白鹭上青天"，在不断的迁徙中，白鹭的家，谁能说不在青天之外？"西塞山前白鹭飞，桃花流水鳜鱼肥"，身在异乡的旅人，见到此情此景，怕是归家的心情更为迫切些了吧。

田畴间有水牛细嚼慢咽，青天外有白鹭翩跹振翅，绿水绕着青山，青山伴着绿水，这种动静有致的诗情画意，这种恒久祥和的诗情画意，又是怎样地牵动着一个离家的游子对家园的想象啊。我的想象中，家园如白鹭的翅膀，总是忽明忽暗，忽远忽近；家园也如一头水牛的咀嚼，将四季轮回，日月光华悄悄地融入生命，流入血管。而我，在城市的森林里，在拥有水牛与白鹭的想象里，总是以孤独者的方式，在每个忙碌的清晨与黄昏，一个人，在心灵的家园，悄无声息地向温柔与爱的方向不懈不怠地流浪。

味觉的春天

桃红柳绿，莺飞草长，春回大地，万象更新，一年之计在于春。春天，展示给人们的，永远是可以感知可以触摸的清新美丽。

春光荡漾的人间三月，野菜，正是盛产时节。美丽的春天，在催人奋进的同时，也不失时机地为人们捧出了一道道口齿噙香，有意境，有蕴涵的美味。春天的美味，永远氤氲在春光明媚的自然气息之中。味觉的春天，恰似一支气象万千的交响曲。

得空，沐着春光，我回了趟乡下老家。在乡下老家，最惬意的事，莫过于品尝一道道时令野菜了。老家的野菜与城市酒店的野菜相比，在视觉上更具冲击力，在味觉上更加地道。"没钱的时候，在家吃野菜，有钱的时候，在酒店吃野菜。"这是当今城市流行的一种说法。作为绿色食品，那些应时而生、各有风味的野菜，一旦上了城市的餐桌，也就身价倍增了。事实上，在城里的酒店花钱吃野菜，哪有在老家自挖野菜弄着吃，来得快意实在呢？

清明那天，一家人去十里开外的山上祭祖修坟。沿乡野小道一路走去，满山都是春的气息，满耳都是春的声浪，满眼都是春的色泽，满心都是春的欢喜。儿时熟悉的野草野花野藤野菜教人应接不暇。折耳根、马齿苋、

藤藤菜、地米菜、牛皮菜、青口蒜儿……比比皆是。

春天吃野菜才叫享受，舌尖若是得到野菜的滋润，一生都会充盈幸福的回忆。在老家，我最爱豆渣青口蒜儿做的汤。每当热气腾腾的豆渣青口蒜儿汤端上餐桌，我就会食欲猛增。据说，青口蒜儿有一定的药用功效，它可以减肥、抗癌、解毒等等。这种说法准不准确，有待考证。但在我的感觉中，豆渣青口蒜儿汤，其口感堪称一流，一旦你品尝过，便会心生念想，终生难以忘怀。

当然，对于野菜，各人有各人的感受。比如聂作平在《舌尖上的缠绵》一书中就说叨过折耳根：……折耳根依旧翠绿着，沉默在广阔的田野上，等待乡村的女子将它们啄回家去，洗干净；再送到小贩手中，坐汽车、坐火车来到都市，悄然出现在你家的餐桌上，等你漫不经心地夹几筷子……

想着豆渣青口蒜儿汤的鲜美，想着聂作平对折耳根平静如水的描述，一路走去，手中不知不觉就捏了满满一把青葱的野味。在田间草地并不起眼的野菜，呈上桌来鲜亮润泽，慢慢地咀嚼，三月清新的阳光便在我并不敏感的舌尖上雀跃着，舞蹈着，唤醒了儿时的味觉，也唤醒了我对山野之春虔诚的膜拜之情。

最忆水稻香

又一次回到了乡下老家。乡下老家，永远是抚慰我心灵的地方。正是稻花飘香时节，天空湛蓝明净，隐隐地，空气中弥漫着稻花的馨香，走进田垄阡陌，轻轻呼吸着这久违的气息，别有一番滋味在心头。

可以说，我是沐浴着稻花之香长大的。今生今世，水稻这样一种农作物，断然是难以远离我的记忆，游离在我的想象之外的。

"锄禾日当午，汗滴禾下土，谁知盘中餐，粒粒皆辛苦。"这首妇孺皆知的五言律诗，道出了耕作的艰辛，道出了粮食的蕴涵。从记事起，我就知道，我们赖以生存的粮食是多么来之不易。从耙田撒种盖薄膜，到扯苗插秧耘杂草，从含苞扬穗谷子黄，到开镰脱粒上晒场，需要经过几多烦琐的工序，付出多少繁重的劳作啊。

在我的记忆中，有那么一个时期，付出和收获绝对不是对等的。那时，我们的主食，只能是红苕和干红苕丝，一家三代几口人共有一小碗米饭就不错了。就是吃红苕和红苕丝，也只能吃个半饱。半饱半饥的状态，让我们初尝了生活的艰难，也让我们不懈不怠地滋生着能吃到大米饭的渴盼。

为着水稻之香的诱惑，在日光月光里，我们总在盼望开镰收割的那

一天。那一天终于来了，女人们拿着镰刀，男人们抬着打谷机，置身于黄熟、沉实的稻浪之中。这是水稻的节日，这是田野的节日，收割的动作、机器的轰鸣、农人的唱和让日子亢奋而生动。

收割后的田畴，或多或少是撒落着稻穗的。为着这些稻穗，我和童年的伙伴赤着脚，奔跑着，雀跃着，来到了田垄间。炎炎烈日下，我们细心地寻觅着，一穗一穗地拾拣着，忘了水蜇的啃啮，忘了蚊蝇的叮咬，沉浸在收获的快乐之中。一天下来，腰酸腿痛不在话下，好在我们大多是能为手中抱着一大把稻穗回家而兴奋和满足的。

天黑下来的时候，我们就会泡在清凉的河水之中，洗个透澡，爬上岸，回到家，有滋有味地吃完晚饭。然后悄悄地相约着，爬上稻草垛，在星光之下翻晒童稚的心事。

时至今日，在收割后的田畴拾稻穗，在高高的稻草垛上数星星，只能是遥远的想象了。但年少时在劳作后有感而发写就的一首诗，却时常凸显在记忆里：弯腰的农人，以雪亮的镰刀，收割金黄的稻子。河岸健壮的牯牛，默默咀嚼，镰刀与稻棵接触的声音。已是夏日正午，阳光，没遮拦地泻下来。汗水里，农人的镰刀，愈发锃亮，任稻子舒服地躺倒，躺成一幅绝妙的风景……

我的童年，曾经有过虫韵蛙鸣酝酿的梦，也曾有过水稻之香的清芬和香醇，那何尝不是一道值得咀嚼、值得回味的人生风景啊。虽然，童年的生活有困苦磨难，有艰涩辛酸，但无论如何，我都要真诚地说声感谢，感谢在人生旅途中的水稻之香，不仅仅照彻了我的生命，还赐予了我受用不尽的灵性。

中药里的智慧

晨光中或夕阳下漫步，无论是城市还是乡野，撞入眼帘的植物或花朵总会触及人的内心，它们的清新，它们的美丽，让凡俗之人对尘世有了一份彻骨的眷恋和热爱。事实上，这些植物和花朵不只徒有其表，大多还是精良的中药材。

李时珍的《本草纲目》就是一部有关物质世界的智慧之书。按自然演化、生物进化的思想对药物进行科学分类，从无机到有机，从简单到复杂，从低级到高级，以严密流畅的笔法娓娓道来。怪不得李建元在《进本草纲目疏》中如是说："上自坟典，下至传奇，凡有相关，靡不收采，虽命医书，实皆物理。"

人和万物都是得天地之气而生，人得天地之全性，草木得天地之偏性，人得病就是因为人的机体和肌理在运行过程中出现了偏盛偏衰的情形，所以要借天地之偏性来调整人体的盛衰。比如，根茎的药可以钻透土地，有通里的作用。树枝、树梢则有生发之性。树皮有包裹收敛的特性。月季花、玫瑰花等有宣散郁结的作用。果实生在高处最终要下落，故而有使气下行的作用。世间万物同宗同源，相生相克，既相互补充又相互制约，而在中药的使用上更是体现了这一说法。人类是万物之一点，遵循大自

然生老病死的规律，中药理所当然会成为消除或者减缓病痛的一种途径。由此看来，一根根枯草在经历相生相克的煎熬之后，成为祛病强身的良药，自然就在情理之中了。

凡俗的中药，随处可取，甚至隐于一日三餐。无论王侯将相，还是布衣平民，无论金领白领，还是蓝领雇员，只要身体有恙，在它面前，一律平等。它蕴藏着源于自然环境的美丽和健康。它源于自然，归于自然，总是以神奇的疗效，让人领悟生命的起承转合。当你有恙在身，通过一只粗瓷碗或一只精致的茶杯服用一段时期的中药，便足以调理你的不适。用中药其实就是一种人生历练，总是将对自己的爱、对他人的爱融于细煎慢熬的过程之中。形象的中药名字，诸如当归、独活、沉香、忍冬之类，分明是诗意的凝结，智慧的升华，和谐的所在。

绵延数千年的中医文化，纳天地精粹，集人生智慧，高深莫测。无论为己还是为人，走进任何一家中药店，你总能看到柜台上铺陈着各种药材，形状各异，五颜六色，芬芳独具。这一刹那的感觉，如京剧脸谱，如国画意境，传统而奇妙的中医文化竟是如此清晰具象，你不得不感慨中华医药的博大精深。抓得草药，回家用砂锅细煎慢熬，药香扑面，满屋四溢。这样的时候，草木的婉转美丽在心头荡漾，便有了一份无言的心理慰藉，感觉中，病情也好了一大半。

中药，作为中庸、调和的药物，其实贯通了尘世之间的生存之道。当然，作为单纯的药物而言，中药，不能左右一个人的悲喜荣辱，却能够以厚重持久的态势，调剂一个人身心的冷暖寒热。

寻梦婆源

未去婆源前，就听去过的人说，婆源是一块古朴优雅的净土，是中国最美的乡村，是世外桃源……未入婆源，婆源就通过他人的演绎，在我心中古色古香起来。因为这个原因，最美的乡村婆源，便常常以朦胧的姿容闯入我的梦中。

有机会去婆源寻梦，是今年七月初的事。出发那天，老天有意，下了六七个小时的雨，炎热的天气倏地就变得凉爽起来。雨，打在空调大巴上，在窗玻璃上热切地跳舞，溅起莹洁迷蒙的水花。一路的洗濯，让天地一新。我想，梦中的婆源定会更加澄澈美丽了。

入得婆源，更觉不虚此行，"四古"（古建筑、古溶洞、古植物、古文化）让人眼界大开，"四色"（绿茶、红鱼、墨砚、雪梨）更是名不虚传。雨后的婆源，如梦似幻。极目处，雾霭缭绕，绿光莹莹；山川秀美，田园如画；名木古树，触眼即是；小桥流水，环村绕户；残壁断碣，透出厚重的文化底蕴。

抵达晓起，在蒙蒙细雨中拾级而上，绕过村口那棵百年老樟，看见粉墙黛瓦的村落，掩映在绿树丛林中，好一个"古树高低屋，林梢烟似带"的情境。这里四周环山，处处都是惹眼的自然风光，清新的空气直入肺腑，

26

真是个名副其实的天然氧吧呢。村前横过一条小河，水清见底，鱼虾成群。石板桥旁，几个浣衣濯菜的村妇，如古画中走出的女子，透着自然的古朴。走过石桥，当眼的门楣上，凸现出一幅幅精雕细刻的作品，述说着一个个古老而久远的故事。打着伞，穿行在曲折宁静的青石小巷，身上油然就多出几分古意和诗意；走过古树观赏园，一路平平仄仄，又怎能不沾上几分陶然悠远的灵气？细细的雨一直下着，缠缠绵绵的，恍惚间，天地人就融为一体了。

撇开锦峰绣岭、清溪碧河不说，江湾让人留下深刻印象的，要数那儿浓重的人文气息了。江湾自古就是个文风炽盛之地，诞生过三十八位状元、进士和仕宦，以及十九位文人学士。其中明代治淮功臣、抗倭英雄江一麟，清代朴学大师、音韵学家江永，民国教育家、佛学家江谦是此间的佼佼者。而从古至今，弹丸之地的江湾镇竟有九十二部传世作品，其中有十五部一百六十一卷被选入中国历史有名的《四库全书》，不能不让人称奇。从自然的角度来看，江湾是婺源美丽的一角，从历史的、人文的角度去看，江湾这个地方，是以它的恢宏和庄重而让人肃然起敬的。

在李坑，见识了真正的"小桥流水人家"。一条可容下两扇竹排通过的小河中，我坐着竹排逆流而上。伞忘在了车上，神出鬼没的婺源之雨再一次打湿了衣衫。上得岸来，一路急行，在路边的工艺品摊子间避了一会儿雨，待雨稍事收敛，我又沿着河堤，兴味盎然地溯流而上。流水从村子中间潺潺流过，小河两边挤满了优雅的徽式建筑，三五步就有一架别具情调的小桥，来来往往的人显得格外悠闲从容。小桥中有一桥，名"通济桥"，青石板的桥面两侧铺绽着青苔，据说是明初为抵御山洪而集资修建的，桥下两股溪流汇合，水流湍急，名曰"双龙戏珠"。

离开李坑时，雨已悄然停歇，山色空蒙，水波流影，牧童衔笛，鸡犬相闻，好一幅美不胜收的乡村图景。感觉中，这恰是"半亩方塘一鉴开，天光云影共徘徊，问渠哪得清如许，为有源头活水来"（朱熹）一诗中描写的情景。

在婺源游走，美丽的乡村风景如此亲切，不知怎的，我的心思常常会因为这些风景而无端地耸动：我自己的乡村，我自己的家园，原本也是有许多灵秀之处的，有许多人文景观可资回味的，这之前我怎么就没有感觉到呢？怪不得有人会说，熟悉的地方没有风景。

想起了一位旅行家的话：未到婺源，婺源是一个谜，来到婺源，婺源是一个永远的谜；未到婺源，婺源是一个奇迹，来到婺源，婺源有许多奇迹。而我，在婺源的每一处，总会不由自主地想起自己的家园。我知道，婺源，是我梦中的奇迹；但我来到婺源之后，我才发现，我的家园，始终是我生命中的奇迹。

烟雨潜山

几次上潜山，几次都沐在潜山的烟雨中。因此我认定，潜山的烟雨与我是有缘的。

感觉中，潜山本身就是诗意的化身，而烟雨中的潜山给人的诗意感觉更为浓郁。这样一座山，虽说少有鬼斧神工造就的峻峭奇崛，却似一个俊俏脱俗的江南女子，以她的千娇百媚，以她的万千柔情，装扮、呵护着属于她的那一方家园。应该说，雨意迷蒙的潜山，是秀丽妩媚，浪漫温馨，仪态万方的。

潜山烟云的情调，抑或空灵、婉约、如梦似幻；抑或滋润、舒卷、推波涌浪。一如漫山遍野的杂花生树，妙趣天成。更似得地气而生，一片连着一片的桂竹松杉，在不同的时节，展现着不同的自然风韵，不同的人文情怀。

初次上潜山，是在某个春天的一个双休日，应朋友之约前往。那时，通往潜山之巅的那条路已铺设了水泥，一路上，阳光明媚，山花烂漫，鸟语莺啼，满眼是迷人的景色，满耳是天籁的声浪。及至山腰，小憩在星星竹海一片苍翠的竹林间，感觉凉爽了许多。不知什么时候，晴朗的天空就阴了下来，空气中濡着湿润。站在空阔地带，放眼望去，潜山的云，如缥缈的轻烟，以悠闲的方式，一缕一缕，灵动自在地，在错落有致的山体间穿来绕去，编织着娇媚曼妙的轻纱，营造着轻盈娴静的情愫。漫步竹林，薄薄的、清新的、爽洁的云岚雾气在周身上下缠绕，感觉如入人间仙境，恍然间，便有了诸多美妙的遐想，滋生出众多理不清放不下的人生牵念。

及至山巅，烟云渐密，云岚雾霭不再悠闲宁静，凸显出来的云雾景象在奔突中凝聚，在恣肆中汹涌，在激荡中澎湃。这样的时候，云雾已不再是云雾，而是一种壮阔的自然景观，让人心弦张放，心境高扬。眼见云雾积聚着，稠密着，沉淀着，缠绵之间，就释放出诗意的内涵来，喜剧一般的春雨，就这么淅淅沥沥地下下来了。

潜山雨水的韵律，幽雅、质感、舒缓有致。幽奇的潜山春雨，时而在濛蒙之中透视一抹幽幽的浅绿，时而在迷离之间展现一剪隐隐的鹅黄，时而在茫茫之外露出一片淡淡的水红。那雨，将叶洗得更绿，将花浇得更艳，将山色拾掇得更加妖娆。

那天，潜山之巅的雨亭之中，我品出，烟雨潜山原本是柔中有刚，不同凡响的。它是一篇耐人寻味的精致散文，更是一幅古雅含蓄的泼墨悬彩。既让人如梦似幻，又教人荡气回肠。

再一次上潜山，是在翌年的一个秋日，桂花在温泉城的大街小巷灿灿地开着，一切的一切，都笼罩在桂花的甜香之中。山上一坡一坡的桂花，漫溢着人世间的芳香，这样的时候上山，更会置身于一份化不开的馥郁之中了。而这一次上山，我又有幸在潜山沐浴了一场秋雨，这场雨，在不经意间将逝去的夏日炎热冲洗得一干二净。

在桂竹苑坐下，喝着桂花茶，吃着桂花糕，饮着桂花酒，闻着潇潇秋雨中桂花的甜香，听着秋雨打在翠竹花树上发出的声响，心境宁静而安详。我想，著名诗人郭小川那"一身光洁，不教尘土染青枝；一派清香，

不许歪风留邪气"的诗句，恐怕就是在烟雨潜山的亭子间看着翠竹，闻着桂香写出来的吧。

我问主人，来这儿的客人多吗？主人答，多着呢，各种口音的人他都接待过，其中有很多慕名而来的外国朋友，他们都说潜山美得雅致，美得安然，美得有韵味，还说生活在温泉的人最有福分了。我再问，潜山的雨水多吗？主人答，适宜吧，潜山烟雨特别有灵气，好客着呢。

雨停了，一行人踏着轻快的步履向山下走去。一路上，迷蒙的雾气从山脚下冉冉升起，整个潜山山体在云雾之中隐隐约约飘摇着，呈现出变幻莫测的姿容。花香弥漫在雨后清新的空气中，雨水冲洗过的桂竹松杉格外青葱碧翠，这是一幅多么美妙的图景啊，怪不得外地的朋友会说生活在温泉的人有福了。

是啊，在温泉小城生活的人，终其一生，有俊俏脱俗的潜山相依，有天然怡人的"温泉沸波"为伴，本就是一种福分，更何况还有飘纱舞缦、变幻多姿的潜山烟雨呢。

下得山来，走近淴水河，感觉中，潜山烟雨化作桂花的甜香融入了喧腾的流水之中，它绕过美丽的月亮湾，裹着潜山的情怀，拥着人生的芬芳，带着生活的梦想，打着温馨的旗语，一刻不停地向远方流去，流去……

绽放的生命状态

一朵花的绽放，是什么情景？在我的想象中，一朵花的绽放是静静的、悄悄的，无语的、寂寞的，当然也是自在的、超然的，神圣的、不朽的。想象一朵花绽放的时候，我看见那朵花，那朵汲取了风霜雨露的精灵，或是在日光下，或是在月色里，静静地打开自己的心事。我看不见她的惆怅，我只看见她羞涩的张望，然后徐徐地、缓缓地将她在岁月深处收集的芬芳，一点一滴地散发。我看见丝丝缕缕的香醇，从花蕊间游出来，那是爱的芬芳，情的梦想，生命的方向。

千万朵花绽放，又是什么情景？这情景，自然不是一朵花绽放，又一朵花绽放，那般简单的重叠。不是欲说还"羞"，不是犹抱琵琶半遮面，不是在凄清的氛围中，释放积在心头的落寞孤独。那是生命的盛典，是一种让空间变得热闹而繁茂，让时间变得紧凑而拥挤的聚集和变迁。千万朵花绽放，将浓郁的芬芳散发出来，让清淡的日子香醇起来，让迷蒙的空气清新起来，让混沌的人心馥郁起来。于是俗态而枯乏的生活，在刹那之间，便有了不俗的思绪，永远的牵念。

都说女人如花，如花的女人在绽放的时候，又该是怎样地令人心醉而神往呢？她先是遮掩着、羞涩着，然后是涌动着、舒张着，沿着情爱

的方向，汩汩地散发出芬芳来。那种芬芳之美，在若隐若现之间，在亦静亦动之间，在圆润饱满的氛围里，凸显出无与伦比的生命光泽来。

听戴娆演唱《绽放》，不知不觉便心醉了，心动了，心花开放了，一份无言的感触在心头起伏跌宕。"我要变成野花开在你身边，将我摘走吧在枯萎之前，没有你，夏天我会更思念，因为爱情并不远。风吹来稻米香满天，弥漫着，闭上眼就看见，好想给夏天留个念，却只剩满手香甜。缠绕着马蹄的青草田，安静地睡在我旁边，数哪朵云像你的脸，嘴角扬成斜斜的月。我要变成野花开在你身边，让你的微笑就能把我浇灌，或许我配不上你美丽花环，但也会开得娇艳……"

如此真切醒目的绽放，该是多么鲜活、多么传情、多么美丽的一种生命状态啊。有着如此妖娆生命的女子，在烟花般绽放的时候，总是以她的幽柔、她的坚韧、她的不同寻常，将潜在的情感酝酿成情爱的海洋，而后有声有色地，洞穿生命中固有的孤独和寂寞，恣意绽放出温暖、明媚、美丽、幸福的花朵来。

没有绽放，生命何等萧瑟；没有绽放，旅途何等落寞。没有绽放，伴随一生的，怕是没有旋律，没有色泽，在忧郁感伤中日益苍白的歌谣罢。我想，红尘之中，绽放，才是最美好的姿势，最芬芳的语言，最不朽的辞章。动情美丽却又值得回味追索的事情，谁说不是生命灿然绽放，人人都希望它能凝固下来的那一刻呢。

和谐之境

　　红梅在雪中绽放，雄鹰在蓝天翱翔，是和谐；云在天空飘，鱼在水中游，是和谐；绿叶扶着鲜花，江河流向海洋，是和谐；物理学中的共鸣和共振，是音与音、物与物之间自然而然达成的和谐。从自然的和谐，引申到自然与人、社会与人，和谐的含义就愈加丰富了。

　　人的生活并非风平浪静，有忧愁痛苦，也有幸福滋味，有新旧更迭，也有生死轮回。总之，生活的风云，变幻无常；生活的躁动，无处不在。滚滚红尘中，情欲、物欲、名利欲于人心之中难免会一浪一浪地波动，虽说不是排山倒海，却也有澎湃汹涌的时候。生而为人，有渴望、有向往、有追求不是坏事，但前提是要有分寸，要适度，要和谐。若是欲壑难填，结局只可能是祸己及人。

　　据记载，汉桓帝时期，梁冀权倾朝野，专权弄权，飞扬跋扈，不仅迫害对手，连同与他意见相悖的皇帝也不放过。八岁即位的质帝聪明过人，曾经在群臣朝见的时候，注视梁冀，说他蛮横霸道，因而受到梁冀的痛恨，被梁冀寻机加害。质帝死后，梁冀与梁太后为控制朝政，立十五岁的刘志为桓帝。梁太后继续临朝摄政，实际上，真正的大权仍在梁冀手中，桓帝成了皮影人儿。迫于无奈，桓帝将梁冀、梁太后之妹立为皇后。梁

冀凭借两个妹妹，愈发肆无忌惮，官员晋升后，都必须先到他家里谢恩。梁冀这一专权的局面，引起了朝中大臣的恐慌不安，激怒了一干清流人士对朝政尖锐的抨击，桓帝受到极大的打击。延熹一年（公元 159 年），梁太后、梁后相继去世。桓帝总算找到了机会，彻底诛除了梁冀及其党羽。欲壑难填，即不和谐造成的危害，在此可略见一斑。

北宋的思想家、史学家司马光曾说："为人生之大害者，欲壑矣！"然而，时至今日，依然有热衷于名利，处心积虑要争权夺利，不达目的誓不罢休之人。可以说，这种人不仅失去了生而为人的乐趣，而且要在企盼与争斗的煎熬中度过一生，甚至为自己的将来埋下祸根，这样的人生，又有什么和谐可言呢？

和谐作为一种境界，是一种内在和外在的圆满。山有山的和谐，高低错落，才有云淡风轻；水有水的和谐，三态并存，才会生机盎然。人与自然之间的和谐，是因势利导，是合理保护，自然内部更新的规律若是遭到人为的破坏，资源的再生就会受到影响；人与人之间的和谐，是微笑、是理解、是付出、是温暖、是爱。是人，都离不开社会交往，有了社会交往，就有了矛盾的各种成因。所以自古至今，一直提倡修身养性，修身最讲究的就是一个"和"字，所谓"和为贵""君子和而不同"，说的就是人与人之间往来相处的和谐境界。

孟子曰："老吾老以及人之老，幼吾幼以及人之幼。"这种美好的境界，是和谐生活的极致，给人以安宁静谧，世外桃源般的感觉。它亮丽如诗，新美如画。现实生活中，和谐不是停滞的、凝固的，而是动态的，生机勃勃的，就像春风掠过树梢，雨水滋润土地，兰花绽放幽谷，它是良好的秩序，文明的行为，馨香的语言，更是心灵的呼应，思想的互动，情感的共鸣。

文字的奔跑

这是一个奔跑的年代，所有热爱文字的人，在文字里奔跑，所有音符一样鲜活的文字，在流光中奔跑。办公桌或书桌上，忙碌或不忙碌的日子里，奔跑的文字飘着独特的油墨芳香，在磅礴的日光里奔跑，在如银的月光里奔跑，在含蓄的灯光里奔跑，在多感的目光里奔跑……优雅的文字，多情的文字，美妙的文字，智慧的文字，日复一日蜂拥而至，挑拨着敏锐的神经，丰富着贫弱的想象。

风在地上奔跑，平静的心湖，飘出的分明是层层叠叠文字的浪花；云在空中游走，思维的翅膀，环罩着的分明是明亮而鲜活的文字光芒；鸟在天空飞翔，时空变换中，不同文字的聚合散发着古文明和新智慧的芬芳……从甲骨、竹简、纸张到因特网，一路跑来，文字让一切显得金贵厚重。不能设想，没有文字，人生将会是多么拙劣，生活又会是何等枯燥。一代代人创造了文字，又一代代人赋予了文字丰富动人的内涵，在文字与文字之间，人类智慧在一刻不停地奔跑着，将文字的意味打造得日臻圆熟美丽。

任何一个季节，只要你陷在文字的氛围里，你的心地再阴郁，也终会或急或缓地被文字的光芒照亮。书籍的花朵绽放着，只要你有心靠近，

就一定会醉在其中。书中的文字奔跑着，多姿多彩，或隽永，或灵动，或智慧，或深刻，或伤感，或迷离……思绪在文字间纵横，文字在思绪间跃动，文情交织，昭示出一幅人生契合的美丽图景。在文字的海洋里，时间久了，日子长了，或许你也会亲手种下一些属于你自己内心的文字，让它们在他人的思绪里纵横奔跑，或多或少地给我们所处的世界带来激情、温情或浪漫之情，或多或少地点亮一些心灵的灯盏，或多或少地和一些人在心灵深处产生碰撞和共鸣。这样，你的心地会有一种特别的宁静和安详。

诗人末未曾在诗集《后现代的香蕉·后记》中说过这么一句话："我从来没有把自己的诗圈定在什么主义的旗帜下。想写什么就写什么，想怎么写就怎么写，怎样表达顺畅就怎样表达，从不囿于一种单调的内容和叙述模式。"我认为，这正是文字奔跑很合乎个人感觉的内心独白。心灵的文字是从灵魂深处奔跑出来的，是对自然、对社会、对人生沉淀理解后释放出来的，任何有内涵有分量的诗文说到底必定是智慧的，能震撼人心的。文字在奔跑的过程中所要表述的就是两个字：事情。扩展开来就是叙事和抒情。文字在一个人的笔下或在一个人的生命中奔跑，这是个人生命活力的本质所在，说明这个人还有激情，还有思索，还有弹性，还有张力，还可以喧哗，还可以骚动。

文字离不开思维，更离不开生活，丰富的生活经历可以让文字表述得淋漓尽致。什么样的背景，滋生什么样的生活，什么样的经历，产生什么样的文字。可见，文字的奔跑，其实就是生活的前移，是人生的奔跑，再往深处一点说，它显现的也就是社会状态的好坏，时代进程中整个人类奔跑力度的强弱。

致命的美丽

美丽与美丽是不同的。

有些美丽，极具迷惑性，一旦与之接近，一不小心就会被伤害，甚至因此殒命。部分极毒之蛇，它们外表色泽缤纷，与大自然和谐贴切地融为一体，在大自然的怀抱中，那份具有浓重保护色彩的美丽是一份真实的存在。如忽略致命蛇毒，仅看外表的话，蛇的美丽是动人心魄、无可非议的。同样，就人而言，在人际交往中，真实与虚伪、美丽与毒辣也有共存的时候。

另有一些美丽，对人类而言，极具观赏价值，天生就没有什么危险性可言，它所带来的，是平和，是吉祥，是美的体验、美的享受。众多鸟类给人的感觉就是这样。然而，越是美丽，就越容易无端地失去快乐，失去家园，甚至失去生命。这样一种情形，和人世间的"红颜薄命"是多么相似啊。

阳光明媚，树绿风清的一个早晨，妻躬身在阳台上晾晒衣被，她直起身来的时候，听见头顶传来一阵快意的唧唧啾啾的鸟鸣声。循着声音，她抬眼看去，一对美丽的翠鸟不知什么时候飞进了阳台之内，那是多么美丽的一对鸟儿啊，晨光中，鸟儿翠绿色的羽毛泛着绿宝石般的光

泽，亮丽鲜艳，在它们张开的翅膀上，黄绿相间的花纹颤动着，妙趣横生，美不胜收。一刹那，妻被它们的美丽迷住了，她毫不犹豫地顺手关上了纱窗。这一刻，她并没想到会出现什么后果，她只想在她中午回来时，能再看上一眼这对鸟儿美丽的身影。

因为这对鸟儿，那天早上，她是怀着美丽的心境出门的。中午下班回来的路上，她想着那对困在阳台中的鸟儿，脚步不由得就轻快了许多。在她的印象中，前些天，她就多次见过这对鸟儿，它们一大一小，形影不离，在空阔的天空中，在树梢头，在绿叶间，在屋檐下……活脱脱就是一对风风火火，了无遮掩地爱着的情侣。它们软语呢喃、缠缠绵绵、痴痴迷迷的情态，温情脉脉地陷入了妻的心中。最让她难忘的是，有一天，她过马路，红灯亮着，她只好等在斑马线一侧。这时她发现该开的车迟迟未开，不免有些迷惑。低头一看，原来斑马线上有两只翠鸟，它们在那儿跳跃着，欢鸣着，陶醉在一场爱恋中。直到司机按了几声喇叭，它们才惊醒飞去。那是一对多么幸福的鸟儿啊。

到家后，妻迫不及待地来到阳台上，却不见了鸟儿的踪影。仔细一看，发现纱窗上有一个豁口。她想，它们一定是啄破了纱窗，然后飞走了。虽然有些遗憾，但她的内心没有半点不快，因为她本来就想着要放飞它们的。

几天后打扫阳台，发现体形大些的那只鸟死在角落里，并没有飞走。那一刻，妻轻叹了一声，对我说，这只鸟真是太美了啊，它的命就是教自己的美丽夺走的。听她这么一说，不由得让人生出了丝丝怜惜。

那只鸟仅一个上午就死了，这有点出乎我意料。在我的想象中，它一定是和那只体形小一些的雌鸟合力啄开了纱窗，然后，拼尽全力将雌鸟从豁口中送了出去，而自己因为体形过大，加上力竭，所以才不幸地掉落在墙角里，再也飞不起来了。

　　生活中常有的事就是：爱和美丽总让人情不自禁。雄鸟因爱而死，是生命中痛楚的美丽；若是因美丽而消亡，则是生命的不幸了。

诗人的秋天

秋天是属于诗人的。在秋日里寂静的夜晚,当诗人踏着月光走出野外,该是怎样的一种情怀啊？此时此刻,诗人脑海里必然是挤满了丰富的意象：虫鸣、月色、清风、秋凉……一个人在诗行里踟蹰,在乡情里徜徉,发丝融进了月华,思绪饱含着秋意。夜凉如水,夜色悄然涂抹的是诗心的寂寥和世事的沧桑。

在秋天,所知所感的地方,秋色斑斓、美不胜收。秋风秋雨秋野秋草秋山秋水……最能彰显人生况味；秋的繁杂,最易触发对亲情的牵念。唐代诗人张籍有一首《秋思》："洛阳城里见秋风,欲作家书意万重。复恐匆匆说不尽,行人临发又开封。"传神地表达了诗人客居他乡思念亲人的复杂感情。毋庸置疑,秋天,是人类情感涨潮的季节。

诗,有悲秋的,也有喜秋的,两者都合乎季候之秋的本然意蕴。悲秋,大多是因为人生不得志,借秋声秋色秋形宣泄人生的哀愁。盛唐诗人苏颋的《汾上惊秋》："北风吹白云,万里渡河汾。心绪逢摇落,秋声不可闻。"在即景起兴中抒发着历史的联想和感慨,在关切国家的隐忧中交织着个人失意的哀愁。可谓百感交集,愁绪纷乱。悲秋诗中,最为人熟悉最教人感怀的,当属鉴湖女侠秋瑾就义时写就的独句诗"秋风秋雨愁煞人"了。喜秋，在诗人的境界里，常常不以己悲的形式出现。中唐诗人刘禹锡的《秋词二首》之一就别具一格："自古逢秋悲寂寥，我言秋日胜春朝。晴空一鹤排云上，便引诗情到碧霄。"当时刘禹锡虽屡遭贬谪，身处逆境，但始终持有一种超然的心境，面对挫折，冷静而不失热情。诗人深深懂得自古以来悲秋的实质是志士失志，对现实失望，对前途悲观，在秋天人们只看到萧条，感到寂寞，死气沉沉。缘于这一点，刘禹锡指引大家看那只振翅高飞的鹤，在秋日晴空中，排云直上，矫健凌厉，奋发有为，大展宏图。显然，这只鹤是独特的、孤单的。但正是这只鹤的顽强奋斗，冲破了秋天的肃杀氛围。这种别开生面的景观，又怎能不让仁人志士在凋败的处境中精神为之一振呢？

在秋天漫步，穿过收割后空旷的田野，枯草断蓬处，传来一阵阵凄清的鸟鸣，树梢弥留的孤叶早已枯黄，轻轻飘落发出摩擦的声响。只有残花败叶间，悄然站立着几朵淡蓝色的翠菊。这就是活力，这就是希望。诗人大都喜欢秋天，秋日的景色给诗人带来无限的灵感，秋天固然凋敝，但有着丰富的蕴藏，无尽的收获。真实的秋天，饱历了春的繁盛、夏的热情，不再追逐浮华与赞誉，只是静静地、悄悄地融入一片淡淡的秋光之中。属于诗人的秋天，即使是一片落叶，也能够将一颗诗心烧得滚烫。

诗行中的乡愁

感受乡愁从诗开始。那时，我的记忆是年轻的。随着岁月的推移，世事的变迁，很多东西都渐去渐远了。然而有那么两三首诗，却执拗地盘踞在记忆深处，在日复一日的生命流程中愈发清晰。每每默诵这些美丽的诗行，都有一份无言的感动。

"故乡的歌，是一支清远的笛，总在有月亮的晚上响起。故乡的面貌，却是一种模糊的怅惘，仿佛雾里的，挥手别离。离别后，乡愁是一棵没有年轮的树，永不老去。"席慕蓉的乡愁，是年轻的心渴望亲近故土时，独自吹奏出来的清亮的笛音；是一份怅然若失的心境；是一棵根植在心头，不长年轮的岁月树。席慕蓉的乡愁，是一支有关乡土的永远而年轻的恋歌。

余光中的乡愁，则极尽哀婉缠绵："小时候，乡愁是一枚小小的邮票，我在这头，母亲在那头。长大后，乡愁是一张窄窄的船票，我在这头，新娘在那头。后来呵，乡愁是一方矮矮的坟墓，我在外头，母亲在里头。而现在，乡愁是一湾浅浅的海峡，我在这头，大陆在那头。"小小的邮票、窄窄的船票、矮矮的坟墓、浅浅的海峡，既有血有肉，又笃实明白。一旦触及这些联系亲情、爱情、思乡之情的生命中的点点滴滴，再麻木的灵魂都会为之震颤，再冷硬的心灵都会为之动情。人生苦短，更何况一生一世远离乡土的人，哪能没有落寞伤感的情怀。

　　乡愁诗中最为绚丽最有意境最让人柔肠百结的要数余光中的《乡愁四韵》："给我一瓢长江水啊长江水，那酒一样的长江水，那醉酒的滋味是乡愁的滋味，给我一瓢长江水啊长江水。给我一掌海棠红啊海棠红，那血一样的海棠红，那沸血的烧痛是乡愁的烧痛，给我一掌海棠红啊海棠红。给我一片雪花白啊雪花白，那信一样的雪花白，那家信的等待是乡愁的等待，给我一片雪花白啊雪花白。给我一朵蜡梅香啊蜡梅香，那母亲一样的蜡梅香，那母亲的芬芳是乡土的芬芳，给我一朵蜡梅香啊蜡梅香。"长江水、海棠红、雪花白、蜡梅香这些诗意的存在，远离久了，便如梦似幻，又怎能不百般牵引漂泊者对乡土的美丽怀想。

　　站在个体的角度，乡愁可以是一份诗意的情感；站在国家的角度，乡愁则是一种铭心刻骨的伤痛。为海峡两岸统一大业，国务院原总理温家宝出访会见华侨华人时，就自然而然引用过余光中的《乡愁》。他饱含深情地说："浅浅的海峡，国之大殇，乡之深愁。"

　　乡愁啊乡愁，可以是生命个体中一种忧伤而美丽的存在；但就一个国家、一个民族来说，除了伤痛还是伤痛，绝不会有什么美丽可言了。

第二辑

活在今世

多感的心灵清醒的胃

　　人类的心灵是多感而丰富的，阴郁时看见一缕阳光有可能快乐起来；寂寞时看见一叶花瓣在风雨之中零落凋残可能会无限伤感；本来拥有一颗悠闲之心，却会随着一片云彩的万千变化而变化万千；爱着恋着的日子呢，沉积在心底的牵挂难免会如丝如织、如梦似幻……

　　人生的苦乐，生命的来去，恰是触动人类多感心灵的元素。变异的人生无法掌握，生活的变数让人领悟到的不仅仅只有快乐，更多的是世态的无常和生命的苦难。

　　闲暇在月明中徘徊，低吟所有清丽凄美的词句，会有一股魔力，在吟咏者心头久久回荡。那些只有多感的心灵才能写出来的词句，如此执拗地引领着月下徘徊吟咏之人，走入它的甜蜜和忧伤。或者倾听一曲优美而忧郁的旋律，雾一般向多感的心灵渗透扩散，或如轻柔的雪花，或如湍急的流水，或如森林的涛声，或如海洋的呼啸……心弦被一次又一次弹拨，在人生的旷野回响、萦绕……不知不觉就有一份无言的感动，不知不觉泪水就打湿了衣衫。

　　刘白羽在《白蝴蝶之恋》中写过一只白蝴蝶，那只被雨水打湿翅膀轻柔纤细楚楚动人的白蝴蝶，它的奄奄一息，它的振翅远飞，是怎样触

动着刘白羽的情怀啊！"我哈着气，送给它一丝温暖""我把蝴蝶放在一株盛满阳光的嫩叶上"，对白蝴蝶那份怜惜、喜爱、悔疚、赞叹之情，不正是因为刘白羽多感的心灵才引发出来的吗？还有老画家吴冠中，会在半夜灵感袭来时起床作画，这位老先生感情如此丰沛，创作的激情如此蓬勃，什么缘由呢，还不是因为他日常接触到的生活细节、山川风光，深深根植于他多感的心灵深处。

一位女写手用她轻灵机俏的文笔描摹自己和所爱的人时，写得纯净活泼，让你感觉到她微笑着的脸庞，仿佛阳光下的巧克力，暖暖地熔化着。没有多感的心灵，怎会有如此细致入微出神入化的描摹。她描绘满树洁白无瑕的花儿：它们等不及绿叶的陪衬，就兀自急急地开了，那么孤傲，那么脱俗，那么美，那么纯，就像我们常说的冷美人，它的"冷"，不是冷漠，冷清，冷艳，而是一种热烈如火的冷媚。设想一下，不是特别多感的心灵，又何以参悟得透这花儿的性情呢？

只有人类多感的心灵，才能永无止境地营造忧郁，营造感伤，营造喜悦，营造浪漫……

风雨磨难之中，心灵可以多感而浪漫，现实的胃却始终如一地清醒着。它总是与饥寒与温饱联系在一起。有一句话很直白，叫"饱暖思淫欲，饥寒起盗心"。事实常是这样，肠胃若是空的，人们首先想到的不是风花雪月，不是荣辱去留，而是怎样解决好肠胃的问题，其他的情调只能暂且搁一边了。肠胃一旦出了问题，就像广告词里说的一样，只留下或痛或酸或胀的感觉，那滋味当然不好受，不因之憔悴也就是你的福分了，肠胃的不良最能叫一个人清醒。

肠胃和酒没什么必然的关系，但肠胃的问题常常与酒有关。酒可以暂时麻醉一个人，却不能麻醉肠胃，酒可以让多感的心灵变得混乱，但无法给肠胃增加一丝一毫的快感，酒可以像骗子一样让你暂且忘记伤痛和落寞，与此同时，却当仁不让地让胃溃疡扩散。

饥饿和痛苦，让胃有了最直接的感觉，这种感觉，让爱憎失去了方向，让思维失去了灵魂，让梦想和浪漫站到了一边。可以说，在无力回避的现实面前，人所固有的梦想和浪漫，一如高兴或愁苦时将酒灌进溃疡着的肠胃一样，所带来的，只会是短暂的兴奋，绝不会有持久的快乐。

幸福是静静咀嚼的牛

明太祖朱元璋小时候当过放牛郎，他因此熟谙牛温顺、忠厚、缓慢、勤劳、不喜多事、不愠不火的习性，他以牧牛的方式治理国家，得了民心，得了天下。

一代文豪鲁迅曾手书"横眉冷对千夫指，俯首甘为孺子牛"作为座右铭；毛泽东、周恩来、董必武等也都曾自喻为牛；郭沫若愿做牛尾巴；茅盾呢，甚至愿意做牛尾巴上的毛；画家齐白石称自己是"耕砚牛"；李可染终身热爱画牛，在画室挂有"师牛堂"条幅……有大造就之人之所以喜欢牛，是因为他们推崇牛的性情和生存状态。

牛没有骡马的急躁，没有驴的倔强，性格温柔宽和。唐朝元结的《将牛何处去》中写道："相伴有田父，相欢惟牧童"，牛可以与"田父""牧童"相伴相欢，其温柔性情也就跃然纸上了。清代袁枚的《骑牛》以写实的方式切中了牛的性情："鞭之不前行冉冉，相牛之背笑不休。此是人世平稳处，七十老翁有所求。呼僮扶上不拖空，牛亦相怜身不动。"唐朝陆龟蒙的《放牛》诗中写道："荒坡断堑无端入，背上不时孤鸟立。"清代王恕的《牧牛词》中也写道："牛蹄彳亍牛尾摇，背上闲闲立春鸟。"牛的安然、平和、温良、宽容，让牛总能够与其他的小生灵和谐共处，这何尝不是尘世间一种幸福的存在？

牛是最受人喜欢的生灵，它不单用于耕种劳作，成为生产生活的得力助手，它的肉和奶是高能营养品，它的皮可作为工业产品的原材料，它的骨头可以入药，牛粪是很好的肥料和燃料。更重要的是，牛一生之中，性格温良，勤勤恳恳，任劳任怨。

曾经听一赶牛车的车夫挥着鞭子唱过这样一首歌："牛鞭一响儿俺腿发晕，不打牛来抽俺心，日头落山儿俺早收工，穷人的命儿不叫那个命。穷人的命儿不叫那个命，可怜俺的父母亲，早早入了土得安身，早死那个早脱生，早死早脱生。"那鞭子甩得响响的，没一下落在牛的身上。应该说，车夫和牛之间流淌着一种相互依存的幸福，但从车夫喉咙里吼出来的韵律和腔调，也有着深入骨髓的忧郁和哀伤。

劳作的间隙，牛总在静静地咀嚼吃下去的东西，那是对生命的一种守候和追忆。牛饿极时，也会啃食石头，直至满嘴流血。正因为这样，有些牛腹中会长出牛黄，作为名贵的中药材，牛黄这种东西对牛自身毫无益处，总是在牛体之内一边极尽折磨之能事，一边渐渐长大。

生而为人的幸福，有时候也像牛孕育牛黄一样，消耗和透支着自己的生命，却可以给他人、给社会带来莫大的益处。

艾香中的祈祷

路过菜市场，见摊子上摆了许多葱绿的菖蒲和碧翠的艾蒿，蓦然间想起，明天就是端午节了。心头蓦然间就涌起一股青青的味，涩涩的味。刹那间，缕缕乡情亲情弥漫开来，情绪被一种叫思念的感情绾结住了。

在乡下，每逢端午，家家户户都有在门前插菖蒲挂艾蒿的习惯。从小，我的身体就不太好，多病多灾的。正因为这样，总是在端午节的头一天，不管阴晴风雨，母亲都会弄一束菖蒲和一束艾蒿回来，早早地将它们插在门楣上。在母亲心中，插菖蒲挂艾蒿可以祛鬼禳邪、祈求平安。当然，世上没什么神鬼，但毋庸置疑，菖蒲和艾蒿所散发的香气确实能驱逐蚊虫，祛瘟镇痛，有利于生命健康。母亲固然不清楚这一点，但她为自己的亲人祈福的心境却芳香毕现。

记得一个端午节的前一天，有人给父亲捎来口信，让他去接一项小工程，并说活儿很苦，但多少可以赚点钱，只是时间长一点，要一两个月。为了生计，父亲毫不犹豫，立马就答应了，并吩咐母亲为他打点行囊。那天，母亲为了替父亲准备干粮，忙了整整一天。天黑后，为了明天的行程，父亲早早就歇着了。母亲在油灯前忙了一会儿针线活儿，也吹灯睡了。可是在黑暗中，我分明听见母亲在床上辗转反侧。

第二天天亮，父亲背上了行囊。可母亲却不见了。我走出房门，看见母亲背着一捆葱翠碧绿的菖蒲艾蒿正急急地往家赶。那一刻，我的视野里，母亲成了乡村原野上一个移动的惊叹号。有些吃惊的父亲，放下肩头的行囊急急向母亲迎去。父亲出发了，门楣上飘着菖蒲和艾蒿的清香。母亲，还有我们兄弟几个，站在菖蒲和艾蒿的清香里，为远去的父亲默默祝福。

这是多年前的事了，如今想起，恍如昨日。我知道，那天晚上，母亲之所以辗转难眠，全因心头装着对一家人的牵挂啊。

又到端午，中午下班的时候，我买了一束菖蒲和一束艾蒿回家，在青葱碧翠的遐想和缠绵逼人的清怡之香里，虔诚地将这两样带着乡野气息的草本植物挂上了门楣。端午节这天，我坐在书房里，从书房的窗户一眼望去，发现凡看得见的地方，门楣上都旗帜般飘着菖蒲和艾蒿。看来，有很多人和我一样，心中装着与生俱来的亲情和乡情。这时，我给老家打了个电话，得知就近的小妹回去了，她告诉我母亲的身体状况不太好，我知道，这个时候，空气潮湿，天气沉闷，她老迈的身体已难扛得住这些异常的变幻了。我无法马上回家，只好在心中默默为她祈祷，嘱她心无旁骛，用心治疗。

好在这样的时候，门楣上挂着菖蒲和艾蒿，以它的葱翠碧绿，以它的缠绵香气，安抚着我的心境。我坚信，慈祥而坚毅的母亲，一定可以摆脱病魔的困扰，在我踏进老家门槛的时候，她还会欣慰地叫着我的乳名迎出门来。

赤脚开门的人

一个年轻人一心只想成佛，母亲怎么劝他，他都不听。一天，年轻人听说远方的山上有位得道的高僧，便瞒着母亲，一路跋山涉水前往讨教。历经艰辛，他终于在山上找到了那位高僧。当他向高僧问佛法时，高僧指点他：吃过饭后，你即刻下山，一路到家，但凡遇有赤脚为你开门者，就是你要寻找的佛。悉心侍奉，拜他为师，成佛又有何难？年轻人大喜，遂叩谢拜别，下山而去。第一天，第二天……他一路走来，投宿无数，却一直没有遇到赤脚为他开门的人。疲惫至极的他在午夜时分叩响了家门。很快地，门开了，一脸憔悴的母亲大声叫着他的名字把他拉进了房门。就在这时，他一低头，蓦地发现母亲竟赤着脚站在冰凉的地上……

这双故事中的赤脚，不是夸张，更不是传奇，其实，在我们的生活中，这是极常见的一个场景。

记得年少的时候，我在离家二十多公里外的一所高中就读，那时一星期只放一天假，生活极为艰辛，回家也好，返校也罢，是难得有钱坐车的，再说那个时候也难得见到一辆公共汽车，学校每次放假，我们都是结伴步行回家。有一次，期中考试结束，又是农忙时节，学校决定放几天假。因为回家心切，当天晚上我们同村几个伙伴怎么也睡不着，半夜三更就你叫我，我约他，起床收拾妥当，踏上了回家的路途。

我一直记得那个晚上有星星，也有月亮，我们几个人边走边聊，一路说说笑笑，没有寂寞的感觉，也没有害怕的感觉，不知不觉就走完了二十多公里的路程，天蒙蒙亮就回到了村子。除了偶尔传来几声狗叫鸡鸣，村子里静悄悄的。在乡村特有的宁静中，我"咚咚咚"敲响了家门。母亲知道是我后，喊着我的乳名，小跑过来为我打开了房门，从声音听得出她是多么高兴。门打开的那一刻，我发现母亲是赤着脚的。

有了自己的小家后，为我开门的人，当然是我的妻子。妻子为我开门，日复一日，不厌其烦，她甚至可以准确地分辨出我的脚步声了。每次我一走到家门口，就听见她放下手中的活计，"嗒嗒嗒"地跑过来，开门之后，脸上挂着笑说："回来了！"然后拿来拖鞋，接过我手上的东西，放好后，又进厨房忙去了。

有一天，我因公事外出，忘了给她打招呼，晚上一点多钟才回家，到了家门口，我不想打扰妻子，便掏钥匙开门。哪知我钥匙还没插进锁孔，门就开了。妻子赤着脚站在我的面前，脸上所有的牵挂和不安，看清是我之后才烟消云散。妻子拉着我的手说："你没有一点音讯，我担心死了，生怕出什么意外。"我问："在楼下就看到屋子里的灯光，你一直没睡吗？"妻说："心中有事，哪能睡得着。"我知道，她睡不着不是没有理由的，她的担心不是没有理由的，因为那些日子我陷入了一场是非之中。

在我的生活中，在我的记忆里，母亲和妻子，都是可以忘却自己，不管不顾打着赤脚为我开门的人。这就是亲情，它不是矫揉造作，不是虚情假意，它不经意袒露出来时，有如半夜三更出现在你面前的一双赤裸的双脚。

电话里的母亲

节假日，或是有关父亲母亲的重要日子，若无法及时回老家，我就会给眷恋乡土的父母打个问候电话。平日，只要父亲在家，都是父亲接电话，母亲是很少接电话的。但能感觉到，这样的时候，母亲总在一旁侧耳倾听，有时还会插上一两句话，大多是关爱问候之类的话语。只有父亲出门办事不在家时，寡言的母亲才会接听电话。

母亲早就过了花甲之年，父亲更是年逾古稀了。我们五个儿女都远在他乡，劳顿之余，他们固守在无尽的寂寞和孤独里，活在对儿女永无穷尽的牵挂和惦念之中。事实上，天下父母，又有谁，不期望儿女与他们有更多的联系呢？

去年，母亲不小心摔了一跤，股骨骨折，做了换骨手术。住院的那些时日，我们也只能轮流守候在母亲身旁。

出院后，母亲一直躺在床上，偶尔下地，也得挂着拐杖，还得有父亲扶着，才能忍痛走上几步。为了能早日康复，母亲每天坚持让父亲扶着她到屋外场地上走走。身在他乡的我们，回家的次数有限，父亲的劳累和母亲的痛苦，自然只能挂在心头，搁置在想象中了。

这些时日，我们三五天就要往老家打电话，电话全是父亲接听。母亲呢，自然不能在一旁侧耳倾听了。她或是躺在床上，或是远远地坐在一边。但她总能通过父亲的话语判断出是谁打来的电话，甚至能从父亲接听电话时的神态，判断出身在异乡的我们的喜怒哀乐。当然，电话之中，我们有心传达给他们的，永远是平静的生活，祝福的话语。

终于，母亲能拄着拐杖，无须父亲的搀扶独自走路了。闲不住的父亲，又忙起了邻里琐事。有一回，我打电话回家，好长一段时间，才听到母亲的声音。我知道，父亲出门办事去了，母亲是拄着拐杖慢慢走过来接电话的。母亲拿起话筒，知道是我之后，脱口而出的一句话便是："你吃了吗？"多少年过去了，母亲在电话中一直沿用着这样的问候，她以她的质朴，永不更改地关心着儿女的温饱。那一次，我笑着说："还没吃呢。"母亲便显得格外紧张，说："别饿坏了身子啊！"然后便催促我："快去吃，快去吃，要吃好吃饱。"我问母亲："你的腿怎么样了？"母亲说："好了，好了，能走路了，千万不要担心。"我知道，母亲是怕我担心的。在她看来，她有一群天各一方、远在他乡的孩子，只有她才是有担心的理由的。

端午节早上，我拨通了老家的电话。这一次，我立马听到了母亲的声音，她好像就守在电话机旁似的，听到我的声音后，她有些兴奋。脱口而出的还是那一句："吃了吗？"在听到我肯定的回答之后，她才说："你妹一家回了哩。听说你四弟一家要回，也不知是不是在路上。"我对母亲说："妹妹、弟弟回了就好。单位有事，我不能回了。父亲出门了吧，代我向他问好。"母亲说："不能回就不回吧，过节了，弄点好吃的，休息休息，别累坏了自己。"顿了顿，母亲又补上一句："天气预报说要下大暴雨，你要记得关好窗户啊！出门的话，千千万万得注意安全呀！"

电话里，母亲朴实的言语，充盈着永不止歇的关爱之情。电话里的母亲，让我读懂了母爱的含义，让我明白了什么叫舐犊之情，骨肉之爱。

事实上，人的一生，只要母亲在，亲情的滋润就在。母爱，是温暖和幸福的代名词，拥有母爱，就算到了鬓如霜、发如雪的年龄，生命中的每一天，也会拥有春光般的明媚和灿烂。

母爱如水

　　母亲一生俭朴，拙于言辞，默默持家。记忆中，有把骨质头梳，是父亲娶她时买下的，多少年过去，梳齿断了不少，母亲也没舍得扔掉，梳妆盒上一面小方镜是她青春年华里唯一的一份奢侈。饥馑的日子，母亲把可以嚼出滋味的食物让给我们，自己则挖野菜充饥。在父亲蒙受屈辱的那时候，看似孱弱的母亲并没有向命运低头，而是悉心劳作，默默承担，用瘦弱的肩膀扛起了一家九口的生活重任。

　　"慈母手中线，游子身上衣。临行密密缝，意恐迟迟归。"当我们远行时，她默默为我们收拾行囊；当我们独在异乡时，她在老家屋檐下祈祷着我们快乐平安；当我们抽空回到家中时，她欣慰地端详着我们，用心、用目光抚慰着我们生命中的伤痛。我们兄弟几个从小学到中学，直到大学毕业参加工作，她的叮咛，她的嘘寒问暖，一直陪伴在我们左右。除此之外，她从不多言。她的爱就像一潭碧水，平静、清澈、深沉。母亲的爱总是波澜不惊，总是容易被忽略的。

　　在我们兄弟几人相继长大成人，一大家人过上了还算平静安适的日子之后，母亲便苍老了。这时候，她的言语反而多了起来，总是恰如其分地给我们一些警醒和鞭策。有段时期，我因情感受挫，情绪低落，生

活处于低潮，常常在夕阳下独自徘徊，长吁短叹。一天，母亲有所察觉，悄然来到了我的身边，用她的慈爱和善解人意荡开了氤氲在我周围的那份沉寂。她跟我细说了父亲和她年轻时蒙受过的一些屈辱，而后平静地说，孩子，你也不小了，应该经得住生活的磨砺，扛得起生活的重压了，怎么能够因一时的不顺利而无法自拔、自暴自弃呢？孩子，记住啊，任何时候，只要有一份坦然的心态，对生活满怀热忱，就没有过不去的坎。

母亲的一席话，就像一股清泉，流入了我的心间，滋润着我的内心世界，我感到惭愧的同时，沉闷的心境也豁然开朗起来。

以后的日子中，每当遭受生活挫折的时候，我便会想起夕阳下母亲对我的谆谆教诲。母爱如水，让我沐浴在一种境界里，让我任何时候都能聚集直面挫折和失败的勇气，毫不倦怠地沉醉于每一天的生活。在我的人生四季里，母爱，成了记忆中最温馨、最值得回味、最有启迪的章节。感谢母亲，是她，用她平静如水的关爱，为我开启了一扇永远坦然的心窗，伴我接纳美丽人生的酸甜苦辣、风霜雪雨。

握住母亲的手

　　年迈的母亲已经显出了老态。她缕缕白发在风中飘动的时候，你一定能感知岁月的无情；她的容颜不再那么光彩熠熠了，脸上的纹理深如沟壑，像干枯了很久的土地；她一个人在路上走着的时候，步履有些踉跄；她的手有些苍凉的味道，不仅仅因为失去了年轻时固有的热度和弹性，粗糙而多皱；更因为这双手即使在不停颤抖的情况下，依然没有闲下来的意思，总在一刻不停地劳作。这样年迈的母亲，如果有一场大病袭来，她兴许就再也起不来了。

　　有一天和人闲聊，我想起自己的母亲，心中的弦触动了一下，突然间问和我聊天的人："你握过母亲的手吗？"他回答得毫无愧色且很干脆："没有！"他顿了顿，又说："只有像你们这些写文章的人才问这样一些没有'油盐'的问题。"我问："你说的没有'油盐'是什么意思啊？""就是说你的问题没什么实际价值，就像你们写的文章一样，毫无意义。"他没好气地说。我知道他话后的另一层意思是说写文章发不了财，握他母亲的手也发不了财。我情愿相信这不是真的，是他有口无心说出来的一句话而已。当然，如果这是他内心真实的想法，他母亲在面临老景的时候也就堪为忧虑了。

一刹那我想起了这样一件事：一位孤独的母亲在遭遇了一场变故之后，失去了原有的工作，她含辛茹苦好不容易将儿子拉扯成人，替儿子办了婚事成了家。之后，她和儿子儿媳妇在两间不足 20 平方米的房间里生活着。开始还过得去，孙子出生后，她又一把屎一把尿把他们带大。孙子大了，读书上学了，可她的身体却垮下去了，三天两头就病。一家收入本来就不多，这样一来，自然是捉襟见肘了。

有一天，儿子像往常一样将一碗药端到了母亲床前，便出门了。他回来的时候，母亲去了，是割腕自杀的。药碗中的药倒掉了，洗得干干净净放在床头。下面压着一张纸条，写道："我的儿子，你忘了你母亲是做过药剂师的，如果我喝药死了，公安会来验尸的，你无疑会付出惨重的代价。不管怎样，你是我的孩子，我不能让你有那样的下场。我唯一能做的就是用自己的手结束自己。我爱你们，我的孩子……"儿子看到这里，已经泣不成声了。他拉过母亲的手——那双扶他长大，育他成人的手。蓦然发现，这双手是那样粗糙，那样瘦小，那样苍凉，到现在已经僵硬了。这些年来，他甚至是第一次握住母亲的手啊！可真正握住这双手的时候，她却为了他的幸福离开了尘世。

生活中，作为男人，我们握过很多人的手，有妻儿的手，有兄弟姐妹的手，有朋友的手，还有一些认识的不认识的人的手。可实实在在常常握住母亲的手的人又有多少呢？生为人子的人啊，在母亲还健在的时候，你握过母亲的手吗？

阿坝草原的少年

汽车在海拔 3000 米以上的高原上行进。夏季的阿坝草原，并非想象中的一望无垠，只是显得较为开阔而已，青翠碧绿是它的主色调，局部的平展之外，有着起伏跌宕的美丽。在车上，透过车窗偶尔会看到一簇簇红白相间的小花。我想，这应该就是传说中的格桑花吧，无疑，它为夏季高原增添了情趣和美丽。不时，还可以看到三五成群的牦牛和羊群，它们的存在，让草原显得灵动而有生机。

怎么都想不到的是，行进中的汽车出现了故障，抛锚了。司机下车修车，考察团一行也离开了车厢。夏季高原的阳光烈烈的，无遮拦地泻下来，热辣辣地照在每个人的身上。谁都知道，强烈的紫外线极易灼伤人的皮肤，于是大家很快支起了为应急而携带的帐篷，钻了进去。

不一会儿，一少年赶着一群牦牛来到了附近的草场，少年脖子上挂着一个并不精致的牛角号，手中熟练地舞动着放牧用的鞭子。他安置好他的牛群，来到了我们的帐篷外。近距离看才发现，他衣衫破败不堪，颜色黑不溜丢，他的肤色较之衣衫有过之而无不及，黧黑发亮，一看就知道这是高原阳光照射的结果。细看他的脸，那双黑白分明的眼睛里，有着无法遮掩的少年英俊，却也刻写着生活重压下的沧桑。

　　他好奇地围着帐篷转了一圈，然后在门口定定站下。感觉有人注视着他，一笑，一排洁白的牙齿闪射出快乐的光芒。有人问他什么，他很迷惑的样子，摇摇头。我知道，这是语言上的故障。但从他那双黑亮的眼睛中流淌出来的，除了好奇，还有渴望和羡慕。

　　心细而善良的英姐，看着少年，看着他黝黑的脸，看着他那一身穿着，眼睛就有些湿润了，从兜里掏出一张百元大钞，塞在了少年的手中。那一刻，少年的嘴唇动了动，想说点什么，终于还是没有说出来。只见他揣着钞票，转身飞奔而去。

　　同行人说话了："英姐，你的钱这么一给，恐怕有麻烦了，那孩子肯定叫他的同伴去了，他的同伴要是都来找我们要钱的话，那可就不好办了。"听他这么一说，英姐不安地看看大家，又看了看远方，将信将疑。那一刻，我感到周围的空气突然间变得有几分滞涩和凝重。

　　终于，少年的身影出现了，由远而近，越来越清晰。看得出，他是抱着什么飞奔而来的。走近了，原来他手中抱着的是一束鲜花，红白相间的，在阳光照射下，耀眼夺目。看着少年胸前颤动的鲜花，在一阵惊愕和沉默之后，考察团全体人员都会心地笑了。应该说，这种笑，是夹杂着愧疚和感动的。

　　少年奔跑着，来到帐篷前，来到英姐跟前，他单膝跪下，将鲜花高高举过头顶，送到了英姐的手中。英姐接过鲜花，将少年扶起来，那一刻，我又一次看见少年闪亮地笑了，那是一种来自内心深处的真诚的笑、感激的笑、致意的笑。

　　汽车开动的时候，少年挥着他的牧鞭，蹦蹦跳跳地离开了。透过车窗，他越来越模糊、越来越小的身影让我觉得，高原之上，他就像一个纯净的音符，清新透亮，一朵自在的格桑花，朴拙美丽。

心中的旅行

虚度四十光景，未曾到过祖国的首都北京，于是梦寐以求，要了却这桩心事。好不容易等到"五一"长假，将一切安排妥当，但最终还是未能成行。

应该说，这次行动，时机成熟，计划周详。早在"五一"到来之前，我们就联系好了一家旅行社，从出发时间到游览地点都做了周密的考证。"五一"的前一天上午，父母双亲、妻子和我一干人，准时聚集到了老大家中。

就在我感受着家人团聚之欢，憧憬着家人集体出游之乐的时候，头儿一个电话打过来，让我赶写一个汇报材料，说得特急，特重要。头儿的话我是不能不听的，工作上的事我是不能不在乎的。听完电话后，我只说了一个"好"字，感觉得到，头儿在电话那头是挺满意的。

就这样，眼看就要踏上行程的一次温馨之旅，一个电话让它泡汤了。当天，我火急火燎般办理了退票手续，一个人马不停蹄地赶回家中准备材料。一天之后，材料赶出来了，可长长的"五一"假期，我一个人被撂在家中了。

静下来的日子里，我默想着在北京旅游的妻子、兄嫂以及我的父亲

母亲。没有我在身边，妻子游玩的兴致一定会大大削减。妻子出远门总让我陪伴，这次我不在身边，她也迫于无奈。年迈的父亲母亲呢，到北京出游是他们有生以来的第一次。父亲年轻时还走过一些地方，而母亲是没有出过远门的。父母双亲出游毫无疑问是需要人照顾的。兄长国内国外跑过不少地方，北京自然去过多次，这次出游北京，陪伴照顾年迈的父母，恐怕是他最直接的理由。我抱憾未能成行，更抱憾的是不能和兄长一道照顾出门在外的父母和妻子。

兄长是见多识广而且健谈的。所以我想，少了我一个，对他们出游不会有多大影响。其间他们一定游得开心，玩得痛快，绝不会枯乏沉闷。即使没有导游，他们也会在北京的人文景观和自然景物的牵引下，从兄长口中感受这些年来北京所发生的变化。长城、香山、故宫、天坛……这些属于北京、属于中国的景点，一定会给他们留下美好而不可磨灭的记忆。

虽然不在他们身边，可我的心伴随着他们。站在中国地图前，我的手轻抚在地图离家乡一千余公里的北京上，脑海里闪现出的是牵挂、向往、热爱这些饱含深情的字眼。当我的手指在中国地图上游移时，我的心也随着手指的移动在地图上行走，感觉中，我心中的梦想变得那么广阔、那么辽远。

生命的孤独

阳光在石阶上游动，树叶在秋风里凋零，在时光隧道自由穿行的时候，生命总是孤独的。生命的孤独缘于思想的孤独，相思的石头可以释放孤独，跌落的秋叶可以堆积孤独，阳光呢，即使可以捧满一双手，可它又怎能照彻灵魂的孤独。

白云飘过没有痕迹，心思奔涌没有回声。爱情飘远了，带来的是生命的孤独；岁月流逝了，剩下的是生命的孤独。生命可以在孤独中消失，但爱还在。灵魂也许携带着一路孤独，但它不死。根是一种深藏而孤独的痛苦，它却是流浪者一生一世割舍不下的依恋。

生命的孤独有如空气，无处不在。它是无人的黑夜，静听冷雨敲窗时，那份若有若无时浓时淡的苦涩；它是一个人在阳台上，数着枝头的落花，那份飘忽不定的心境；它是心中有爱却无法投寄，只能一个人默默地咀嚼苦苦吞咽的际遇。当孤独成为一个人生命中的一部分的时候，灵魂会日益丰盈，情意会愈加浓厚。

《一辈子的孤单》这首歌中，刘若英委婉动人的唱词，让人品尝的是那份蚀骨的孤独滋味："我想我会一直孤单，这一辈子都这么孤单，我想我会一直孤单，这样孤单一辈子，天空越蔚蓝越怕抬头看，电影越圆满

就越觉得伤感，有越多的时间就越觉得不安，因为我总是孤单过着孤单的日子，喜欢的人不出现，出现的人不喜欢，有的爱犹豫不决还在想他就离开，想过要将就一点却发现将就更难，于是我学着乐观，过着孤单的日子，当孤单已经变成一种习惯，习惯到我已经不再去想该怎么办，就算心烦意乱就算没有人做伴，自由和落寞之间怎么换算，我独自走在街上看着天空，找不到答案我没有答案……"孤单令人迷茫，孤独教人伤怀，人都是孤独的，只有真正彻悟孤独的意义，才能在孤独中开拓出超越孤独的境界。记得《百年孤独》这部名著中，加西亚·马尔克斯在小说结尾时说："遭受百年孤独的家族，注定不会在大地上第二次出现了。"由此看来，历经过孤独人生的人，最强烈的愿望就是希望孤独可以一去不复返。

生命实实在在，生活真真切切。当你在孤独寂寞中能够同孤独对话的时候，孤独，就会成为生命中的另一种阳光，生命也会因此变得充实而精彩。我一直记得有一颗孤独的心这样说过："面对空彻的时空，繁杂的世界，孤独的周边，我在自己的含蓄里、怀旧里、惆怅里，找寻着自己的快乐。孤独，不苦。"

生命中的温柔

在时间的积累和延续中，芸芸众生无一例外不承载着生活的重荷，或长或短，或圆或方，或滋润或干涩，或灵秀或愚拙，或无奈或风光……在生活的压迫下，生命毫不倦怠地舒展出固有的活力。长长短短的人生或是阅尽沧桑，饱受磨难，或是超然物外，洒脱奔放。多元的生命本身，锦衣玉食、金屋华堂或许可以短少，但生命中的温柔却是不可或缺的。

古老而神秘的生命，最难解的就是他（她）需要什么，他（她）不需要什么，再聪慧的人，只要陷入了对生命的冥想，就很难不陷入漫无边际的困顿和迷惑。对生命个体来说，从降临人世间的那一刻起，就不可避免地要经历一些什么。生命的经历很难预测，它一方面捉摸不定，一方面又实实在在存在于生命个体前进的任意方向之中，从哲学意义上说，生命的每一天是结束也是开始。

过去的已经过去了，该挥别的挥别，该放下的放下。挥别不是怯懦，放下不是无情。只因为生命没有太多的时间让一个人过于沉溺。真切而实在的生命，如果有太多的蹉跎、太多的抱怨，在所难免会步入黯然神伤的境地。生命走到今天，不管有多少皱纹，不管有多少白发，不管走了多远，依然可以放飞自己的梦想，依然可以快乐地追寻属于自己的明天，

有一句话说：“快乐一时，就是一世；痛苦一世，不及一天。”这句话可能有些偏差，但里面的玄机和奥妙却是清清楚楚，明明白白。

总会无缘由地想起妻子三十岁生日那天，我送给她十枝玫瑰，两枝百合。我们相拥着走过街头的时候，百步之内便读出了生活的诸多艰辛——一对拉着板车卖菜的夫妻，一个扯开嗓子卖报的孩童，一位阳伞下的钉鞋匠，一个匍匐在街头的残疾人……我们心里当然明白，世界上本就没有什么十全十美的事情。但她说：“不管怎样，今天是我生命中永远值得怀念的日子。”

怀念即不舍，怀念即珍视，它意味着心灵深处藏着一份不老的情感。有一首歌唱得好：“在我生命中的每一天，我将生命中最闪亮的那一段与你分享，我将生命中最嘹亮的歌声来陪伴你，我将心中最温柔的部分给你，让我真心真意对你，在每一天。”其实，拥有这份心境，本身就有值得称颂的完美。

日升日落，倏忽之间，一天一个往事，一日一个轮回。低头是昨天，抬头是明天，低头抬头之间，你会惊讶生命的神奇，你会敬畏造物的伟大。是啊，在浩渺苍茫的时空长廊中，属于你我的就这么短短一程，在这一程中，只要还有温柔相依，只要还有爱侣为伴，我们又有什么理由不沉迷，不陶醉呢。

课堂上的乡音

一放寒假，兄长和我便从各自的学校回到阔别半年之久的老家，闲来到乡邻家串门、聊天，这是常有的事。有一天，和兄长在同学家，叙同学旧情，聊校园花絮，谈理想前途，天南地北说了不少话，无意间我发现，我说话时，兄长总用异样的目光看着我，但他没说什么。离开同学家后，兄长对我说：回到家了，还是说家乡话为好，不要拿腔捏调地说话，这样别人听来会感觉别扭。

此后，寒暑假在家，我再没说过一句普通话，一开口就是地地道道的乡音。当然，回到学校后，还是随大流改说普通话，包括教学实习期间的传道、授业、解惑，一直说着普通话，虽然说得不那么标准，但也算过得去。一个月的教学实习结束后，不满十九岁的我大学毕业，被分配到家乡的一所高中任教。

来到学校的那一天，本来没安排我授课的，但高一（二）班的物理教师家中发生了意外，学校临时决定让我顶上去。好在这之前我有过一个多月的教学实习经验，心中多少有些底，便欣然接受了任务。

做好授课准备后，我夹着备课本，踏上了神圣得让人有些胆怯的讲台。说实在的，面对讲台下50多位同学渴求知识并透出些许钦佩的目光，

我有点紧张，我的眼睛扫向他们后，就不知该怎样借助备课本临场发挥了。备课本被我遗忘在讲台上，我用普通话讲着高中物理课本中《绪论》那一节，感觉课前精心搜集的材料都串不上来了，讲起课来生硬而滞涩，尽管我全力以赴在大脑中搜索那些自认为安排得很精彩的内容，但效果并不令人满意。课讲到一半时，不知是哪根神经被触动了一下，还是因为受到了什么暗示，我清醒地意识到，自己是站在家乡学校课堂的讲台上授课，再说我是教物理的，不是教语文的。就这样，我一下子丢开了说起来有些别扭的普通话，毫不犹豫改用家乡话讲了起来。这突如其来的改变，逗得全班同学笑出了声来。那一刻，我为自己的滑稽也笑出了声。不过，后半节课倒是讲得有声有色，顺利流畅，同学们的脸上并没有露出半点诡异的神色。

这是二十几年前的事了，那时，还没提倡理科教师非得用普通话授课。就这样，在家乡课堂上的那些岁月，我一直沿用地地道道的家乡话传道、授业、解惑。

生活日新月异，世事天天在变，十年后我放下教鞭，离开家园，到了一个新的工作岗位。很多场合，只要在不碍事、不影响公务的情况下，我说得最流畅的还是自己熟稔的家乡话。直到现在，那一丝不苟的纯正的乡音，还深深地嵌在我的生活之中。

活在今生

世相纷纭,时空茫茫,前生是什么?今生为什么?来生干什么?是人,总会偶尔想到这些玄奥的问题。自然,不同的人有不同的答案。个体的人,也许不是功利的,但始终是物质的,是物质的一种高级形态。凡俗的身体汲取了万物精华,但始终由碳、氢、氧等基本元素构架而成。因此我们前生是物质,今生是物质,来生还是物质。只不过这些物质经过多重形式诡异莫测的演化,具有了理念和情感,思想和灵魂。

前生可以追溯到我们的祖先,最起码可以追溯到我们的父辈。一份偶然的爱,一种偶然的机缘,便有了我们的今生。我们的今生包含着逝去的昨天,实实在在的今天,变幻莫测的明天。从某种意义上来说,今天所处的形态是前生、今生、来生的一个缩影。

前生之爱与恨,情与仇,大度与狭隘,睿智与愚鲁,不管你承认不承认,它都是客观存在,延伸到了我们今生的生命中。即便有很大的变异,但仍然有相当一部分是传承下来的,我们称之为传统。传统的东西让我们对缥缈的前生有一个定性的评判和把握。面对前生,我们像找到了一面镜子,知道怎样拂去自己身上的灰尘,怎样打理自己的行装,怎样撇开自己的弱势,怎样发挥自己的特长。前生注定为今生做着铺垫。

拥有今生是一种幸运。我们应该感谢我们的父亲母亲，真的，他们将我们带到这个世界，让我们在一片混沌之中清晰地凸显出来，赋予我们思想，赋予我们情感，赋予我们灵性，让我们有了充满生命玄机的今生。固然今生有很多不尽如人意的地方，比如寂寞，比如烦恼，比如忧郁……这恰恰是生命的丰富性。就像有白天就一定有黑夜一样，那些是热切、喜悦、欢乐的点缀。生命有如交响乐，有如正弦曲线，总在高与低之间轮回。

今生爱了就爱了，恨了就恨了，赚了就赚了，赔了就赔了。风吹过发际无法再去捕捉，水流过脚下已非前水。好在今生可以不断地怀有梦想，好在今生还有一些时光，好在我们的笑容犹在。

来生也许是有的，当我们由一种物质形态演变成另一种物质形态，谁能断定不会有一次新的凝聚。当然，来生是今生一个美丽的梦想，来生到底如何，还得看今生做了些什么，留下了什么，最实在的来生是要靠今生的运作来见证，来凸显的。

我们挂念前生，是因为我们今生具有情感；我们梦想来生，是因为我们留恋今生抑或是带着伤痛；我们活在今生，延续着我们的前生，缔结着我们的来生，这才是值得我们珍视的美丽而浪漫的事情。

心存钻石

一生拥有两千多项发明的发明大王爱迪生，小时候因过于笨拙而被老师嫌弃，以致不能就学。他的母亲听说后，毅然抹去孩子脸上的泪水，说："孩子，你比任何一个孩子都要强，我亲自教育你。""你比任何一个孩子都要强"这句话，有如搁置在小爱迪生心中的一颗钻石，给他鼓舞，给他自尊，成为他童年甚至一生的心灵支柱。

是人，在长长短短的生命旅途中，或多或少要接受一些潜在的暗示。积极的暗示，是生命中的润滑剂，有助于去除生命中的锈蚀，让人生变得通融、顺畅、透亮。若是消极的暗示，说是人生的毒药，只会有过之而无不及。

我有一位朋友，不能说是出类拔萃，却也是小有所成。写作之初，他只是为了满足自己的爱好，偶尔写点小文发点小稿，自得其乐。再后来，因为生活所迫，他不得不将写作当成谋生的手段了，真的，这是他的初衷。他没有奢望成为作家，更没有奢望成为受人关注的作家。殊不知，他一出手，就是融合着哲思和智慧的精美文字，那些灵性的文字经他一组合，便教人耳目一新。他的文字飞向哪里，就会在哪里开出美轮美奂的花朵来，这是一些值得人们眷顾，并用心去欣赏的钻石般的文字。数年间，他的

文字在数以千计的报刊亮过相，一家人靠他一个人的工资和业余写稿的收入，过着比上不足比下有余的日子。瞩目的发稿量和公众的认可，作家的头衔不招自来。

然而，就算他再怎么独守一隅，还是有一些风言风语传入了他的耳郭：有说他只会写小文章或小资文章的，有说他为文惯于拼凑的。他当然知道，说这些话的人，大多是因为写了一堆或是一大堆字，却无处着力，只能在有限的范围内自我欣赏，是酸葡萄心理在作祟罢了。但听到这些，他的内心终归还是有些郁闷，有些不快。

好在，有更多赏识他的人。那天在QQ上，他和她——一位文友兼Q友闲聊，说到小文章或小资文章一事，她说，你不要在意别人拥有多少稻草，你心存钻石，比什么都好。要知道，你的文章是智慧的结晶体，是钻石，总在熠熠发光呢！不然怎么会有那么多报纸杂志愿意发表你的文章，怎么会有那么多读者喜欢你的文字？你就一心一意经营好你钻石般的小文章就好了，无须在意别人的闲话闲说。无疑，这一席话，是激励，也是暗示，洞开了他心中的迷茫，一下子将他从低迷的状态中唤醒。他坚持下来了，写出了更多钻石般的小文章，也拥有了更多的读者群。

人生的舞台总会出现一些奇迹，奇迹的产生，从心存钻石开始，心存钻石的人，才会开启意志和智慧之门，将自己演变成璀璨夺目的宝藏。

心灵的音乐密码

　　常听人说，日子过得真快。当一个人处于忙碌的状态中，做这件事时想着下一件事的时候，日子的弦就被内心的张力绷得紧紧的了。虽说常有放下一切，让自己全面放松下来的念头，但生而为人，扮演着不同的社会角色，承担着诸多责任义务，又怎能全然了无牵绊，不为现实所左右？

　　当你在人生路上走出很远，累了、倦了的时候，可以停下来，听听柔软舒缓的音乐，让悠扬的旋律直入心底。静下心来听听这些声音，也许，它正是寓于你生命中的，让你无从捕捉、无法诉说的那种潜藏的内在感觉，它有如一杯加了少许咖啡的白开水，有微微的苦涩，喝过后却能口齿留香，慢慢回味。那些或熟悉或不熟悉的旋律，真挚得恰似发自你的心底；每个词每个音符都深入骨髓，让你有一种无法抗拒的感动。如诗中写到的一样："心底的声音，犹如满月，盈盈的，漫上心头；心底的声音，随夜色轻舞，辗过命运的红尘，照拂爱的寂寞。"

　　人类的生活越来越丰富，心灵却越来越孤寂，人在旅途，总会有各种各样的遭遇，总会遇到形形色色的人，但要找到一个可以吐露心声的人却不是易事。正因为这样，许多隐藏在心底的秘密，只能随着岁月的

消逝而流逝。当然，也有这样的时候，一支曲，一首歌，一个人，一道风景，刹那间就激活了深藏的记忆，让逝去的岁月在感动中清晰如初。

生命的音乐，一个人的音乐，常常源于心灵的最深处，更多的时候，只有自己才能听懂："那坟前开满鲜花，是你多么渴望的美呀，你看那漫山遍野，你还觉得孤单吗？……"这些音乐声中含泪的沧桑，音符之间凄绝的美丽，是何等撼人心动啊。在你孤独寂寞时，它们忽明忽暗、真切实在地在你的心头缭绕着，挥之不去。记得北京天坛有个回音壁，当你倚着回音壁说话时，就有一个声音在你的耳畔回响。同样，在相亲相爱的人之间，心里都有个回音壁，它能够让源于心灵的音乐，在相爱的人之间成为最美的回响。

人世间，心灵感应是存在的，它是一个人与另一个人心灵上的共鸣共振。能产生共鸣共振的人，一定是从内心深处相亲相爱的人。心灵感应作为一种解开心灵密码的表现形式，它的源泉就是"爱"。假如说梦是心中的帆，那么爱就是心灵的翅膀；假如说生命是奇妙的音乐，那么爱就是心灵的音乐密码，能在此方解开彼方生命密码的人，心地一定是满溢着绵绵情爱的。

最动听的声音

一次意外的自行车事故后，上学的儿子锁起了自己心爱的自行车。这次意外给他带来的教训，分量不轻。也许，他长时间玩电脑游戏的麻木和沉醉，于一刹那的碰撞之后，才有了惊诧恐慌后的苏醒。

这次飞来横祸，让本来就窘迫的家庭，一下子又增添了近 7 万元的生活重负。记得我和妻子赶到事发地点，拨开围观的人群，将从另一辆自行车上摔下来，坐在那儿等我们去承担责任的 53 岁的婆婆从地上扶起来送往医院时，下岗多年待在家中的妻子伤心至极，她含泪对儿子说："孩子，惹这么大的祸，间接原因就是你沉迷于游戏，如果你不思悔改的话，你就彻底完了，这个家也迟早要被你糟蹋了啊。"

打那天开始，上学的儿子要么由妻子接送，要么寄宿在学校，要么同他人搭伙租车。这期间，儿子玩游戏的行为有所收敛，并且在做出了一番努力后，考上了重点高中。那辆自行车呢，在阳台上一锁就是三年。

转眼间，儿子上高二了。时间在推移，学费在不断地上涨，生活费、租车费也随着物价的上扬在不断地攀升。也许是儿子懂事了，也许是家境的并不宽裕触动了他的心事。有一天在阳台上，儿子看见有些锈蚀的自行

车，对妈妈说："我还是骑自行车上学吧，我已经长大了，绝不会发生三年前那样的事了。再说，骑自行车上学，可以为家中节省一些费用啊！"

妻子征求我的意见，我说："屈指算来，年一过，他就 18 岁了，18 岁已经不小了，我们不能因为他骑自行车发生了一次事故，就永远不再让他骑自行车了。我们可以在心里爱他、惦记他、牵挂他，却不可能一生一世守候他。骑车，是正常的生活方式，我们不能因噎废食，该放手时就放手吧。"

就这样，儿子在征得我们的同意后，将自行车搬到修理工那儿拾掇了一番，而后用抹布将车子擦得锃亮，高高兴兴骑着它上学去了。

相对来说，高中期间的学习任务重了许多。儿子总是早上 6 点起床，洗漱后骑自行车上学，晚上 10 点 20 左右到家。在班上，他与同学相处得不错，学习成绩也算可以。只是，他的自制力相对要弱一些，最令我们担惊受怕的，是他沉迷于玩游戏的老毛病复发。

正因为这样，儿子重新骑上自行车的这些日子，晚上 10 点一过，我和妻子最想听见的，就是儿子上楼的脚步声，一听到他的脚步声，所有的担心就放下了。妻子呢，总是按捺不住，有时还光着脚，就嗒嗒嗒地跑到了门前，十分高兴地为儿子打开房门。好在，过去的那些日子，无论风雨阴晴，儿子总能准时上学，准时回家。

然而，有一天晚上，10 点半都过了，还没有听见儿子的脚步声，妻子神情紧张，坐立不安，担心了起来。她拽了我一把，说："太晚了，我们得出门找找去。"打开房门，正要下楼的时候，儿子上楼的脚步声响了起来。妻子吐了一口长气，说了声："终于听到最动听的声音了。"刹那间，担心和焦虑烟消云散。

儿子进门时，我们都站在门口。他当然知道，我们又为他担心了。然而，当他将一个塑料袋从身后拿出来，递到我手中，说出"爸，父亲节快乐，特地给你买了些饺子"这样一句话时，我知道了儿子晚点的原因。刹那之间，在我的感觉世界，真真切切响起了一个美妙动听的声音，那是儿子在岁月河道里成长拔节的声音。

烙入记忆的地震之痛

1976 年 7 月 28 日发生的唐山大地震中，共死亡 24.2 万余人，重伤 16.4 万余人。唐山地震震级为 7.8 级，震中烈度为 11 度。地震发生的地点是人口密集的工业区，时间是北京时间 3 点 42 分 53.8 秒，正当人们沉睡的时候。

经历过朝鲜战场两次大轰炸的邓域才博士回忆：唐山大地震比战场还可怕。那天晚上，天气异常闷热，他好不容易才睡着。突然间，剧烈的颠簸中，屋顶的胶泥大块大块地掉下来，电灯不亮了。他下意识地翻身下床，刚站稳，就听见墙壁"轰"的一声砸在床上。他一闪身钻到缝纫机下面的空隙里蜷起来。刚钻进去，屋顶轰然坠下，他被压在缝纫机下不能动弹。很快，地震波消失了，宁静得让人窒息。他知道，自己被埋住了，睡在外屋的女儿可能也没有跑脱。天亮了，他从缝隙里看到了一丝光亮，恢复了对生的渴望。这时，他听见斜上方有一个女孩子在十分清晰地喊救命，随后就听见几个小伙子在搬东西救人。他拼尽浑身力气在废墟缝里呼喊，希望上面的人能听见。

"你被埋在哪儿？"他的声音终于被外面的人听见，他得救了。然而，他在医院值班的妻子被压在医院大楼的废墟之中，他同女儿凭着血肉双手在钢筋混凝土和砖块的废墟里刨了九天九夜，却难觅半点踪迹。

时居唐山的作家冯骥才，亲历了那场灾难，在《地震给我们留下了什么》一文中写道：在我私人的藏品中，有一个发黄的信封，里面装着十几张大地震后化为废墟的照片，那曾是我的家；还有一页大地震当天的日历，薄薄的白纸上印着漆黑的字：1976 年 7 月 28 日。每次打开这信封，我的心都会变得异样……在我被突如其来的狂跳的地面猛烈弹起的一瞬，完全出于本能扑向睡在小铁床上的儿子。我刚刚把儿子拉起来，小铁床的上半部就被一堆塌落的砖块压下去……那一刻，我感到了世界末日。整个世界特别漆黑而且没有声音。我赶紧踹开压在腿上的砖块跳下床，呼喊妻子。我听到了她的应答……感到浑身热血沸腾，就像从地狱里逃出来，第一次强烈地充满再生的快感和求生的渴望……我们拼力扒开一个出口，像老鼠那样钻出去……那时候什么也顾不得了，活着就是一切……在路上遇到朋友和熟人，得知我的家已经完了，都毫不犹豫地从口袋里掏出钱来……

三天后，大难不死的冯骥才鼓起勇气，冒着频频不绝的余震，爬上自家那座危楼，将残墙上垂挂着的日历中显示地震的那一页扯了下来，一直珍存着。

时隔 32 年，2008 年 5 月 12 日 14 时 28 分，四川省汶川县发生了 8.0 级的地震，死伤数目触目惊心。自然之灾又一次给中国带来了巨大的创痛。地震发生后，彰显在世界面前的，是一种积极应对的中国速度，一种拳拳可鉴的赤子之心，一种众志成城的民族精神。

人生总有一些痛入心扉的日子烙入记忆，这样的日子，在失去很多东西的同时，也会得到很多——关键是你可否看到。如果看到了，就会因此更正对人生的看法并受益一生。

生活的真

　　候车的间隙，我捧着一本满溢文字芬芳的刊物，在习以为常的状态下，读着书中情意绵绵的爱情故事。

　　累了，我从书页间抬起头来，有个值得一提的发现：对面墙上，有一幅抽象画。不，是三张各具情态的脸，一张哭脸，一张笑脸，一张惊讶之脸。其实，这幅画在这儿已经很久了，只是以前我无缘注意到它，那是马赛克墙砖上线和点构成的抽象图案，仔细一看，满墙都是同样的画面。

　　哭脸嘴角下垂，眉头上蹙；笑脸嘴角上挑，眉尾上扬；惊讶之脸上，眼睛成圆圆的一点了，嘴巴张成稍缺一角的 O 形。哭脸和笑脸面对，对比鲜明强烈，极为滑稽。那张惊讶的脸挂在哭脸和笑脸的上方，是对两张对比鲜明的脸表示不解呢，还是对生命中的红尘俗事表示惊讶呢？

　　事实上，这些脸谱，随时会出现在我们的生活中。哭，是因为伤感，悲切，哀愁，或是因为有所失；当然，也有可能因为快乐，抑或欣喜。但我看到的这张哭脸定格在那儿，再怎么看，也找不出半点高兴的成因，它让你看一眼后就会难过，那是一种真真切切的悲切伤感之态。笑，是因为开心，幸福，快乐，或者是因为有所得，莫可名状地陷入亢奋的状态之中，当然，在这里，它仅仅是一种平和的幸福。这两张脸出现在生活中的时候，才有了生动，有了趣味，有了圆满。

哭和笑之外的惊讶，恰似超然物外的旁观者，在有意无意之间洞察了这个雅俗与共的世界。他对人与人之间的爱和恨惊讶，对哭和笑惊讶，对是与非惊讶，对来与去惊讶，那缺一角的 O 形嘴巴好像在发问：所有在尘世之间生发的宠辱去留，究竟是为了什么？究竟是谁在主宰？

无论如何，凡俗是构成生命的元素，凡俗是生活的真。哭也好，笑也好，惊讶也好，都是人之常情。从书页间抬起头来的那一刻，突如其来的感觉中，墙上这些抽象的人间情态，不正是生活舞台中经常出现、经常演绎的脸谱吗？有了这些真切实在的凡俗的脸，人生才会简单而丰富，沧桑而美妙。

第三辑

心智是银，行动是金

心智是银，行动是金

　　12岁开始，他对英语产生了浓厚兴趣。每天，无论刮风下雨，他都要骑自行车到杭州西湖湖畔的一个小旅馆学英语。当时，许多外国游人到杭州旅游观光。一有机会他就免费为他们当导游，四处游览的同时练习英语口语。1979年，他同来自澳大利亚的一个小家庭中的两个孩子一起玩了三天，成了好友。六年后的暑假，他应邀去澳大利亚住了一个多月。众多外国游客对他潜移默化的作用，加上这次澳大利亚之行，实实在在让他开了眼界，长了见识。

　　他说不上很聪明。高考，他考了三次，才被当地一所普通的大学录取。大学校园，常以英语论英雄。这样一来，他便如鱼得水，很快当选为校学生会主席，杭州市学联主席。毕业时，他成为500多名毕业生中，唯一一位留校任教的应届毕业生。五年的教书生涯中，他一直梦想到哪家公司去工作。1992年，商业环境开始改善，他英语好，便信心十足地去应聘肯德基总经理秘书职位，但被拒绝了。随后他应聘了许多工作，依然没有人要他。为生存下去，他一边为海博翻译社当翻译，一边背着麻袋走义乌、闯广州，去进一些有卖点的大路货。他甚至销售过医药，足迹所到之处，上至大医院，下至乡村医疗点。

1995 年，他以某贸易代表团翻译的身份前往西雅图。在西雅图，一位朋友首次向他展示了互联网。他在雅虎上搜索"啤酒"这个单词，没有搜索到任何关于中国的资料。他问："为什么有些能搜索到，有些搜索不到？"朋友告诉他："要先做个 homepage，放到网上去，然后，全球人都能搜索到了。"他马上想到应该给海博翻译社做个 homepage。按照他的想法，制作人员在海博翻译社网页写明了报价、电话和邮箱。当天晚上，他收到 5 封回邮，是来自日本、美国、德国的客户询问翻译价格，最后一封来自海外华侨，是个留学生，邮件中他兴奋地说："海博翻译社是他在互联网上看到的第一家中国公司。"那一刻，他感到了互联网的神奇。一闪念之后，他决定创建一个网站，注册"中国黄页"这个名称。他借了 2000 美元，创建了这个公司。但因为没有过硬的技术支撑，加上资金周转困难，一年后，他所在的公司被中国电信合并。中国电信在公司董事会中占了五个席位，而他的公司只有两个席位，他建议的每件事均被拒绝，就像蚂蚁和大象博弈一样，根本没有任何可以发展的机会。他痛定思痛，决定辞职单干。

1999 年，他决定建立自己的电子商务公司。说干就干，他召集了 18 个人，对他们描绘了自己的构想，两个小时后，与会的每个人都开始掏腰包，一共凑了 6 万美元——创建阿里巴巴的第一桶金。他设想的是建立一家全球性企业，因此选择了一个具有全球性的名字——阿里巴巴——除了易拼写，《一千零一夜》里"芝麻开门"的故事也家喻户晓，容易被人记住。

阿里巴巴的运作过程中，每一分钱都用得非常仔细，公司的办公地点就选在了他的公寓里。1999 年从"高盛"获得了资金注入，2000 年又从"软银"获得了投资，公司规模开始扩张。他树立起"全球视野，本土能赢"的理念，自己设计业务模式，竭力关注产品质量，关注如何帮助中小企业赚钱，让"点击，得到"迅速成为现实。

阿里巴巴也曾走入迅猛扩张的误区，在互联网泡沫破裂后，阿里巴巴网站拥有的现金只够维持 18 个月，许多用户都在免费使用其服务，他却不知道如何获利。如此失意的时候，他不断地给自己打气、加油。他告诫自己："人，生来不是被打败的，没有谁能打败你，除非你自己。"他明白，当自己的力量微不足道的时候，就必须学会专注，学会运用大脑的思考力，而不是意气用事。他坚信：只要有一颗捕捉机遇的心，一切都还来得及。

2002 年，阿里巴巴终于开发出一款新产品，为中国的出口商和美国的买家牵线。就这样，公司从困顿中走了出来。到 2002 年底，公司实现了 1 美元净利润，跨过了盈亏平衡点。自那以后，公司的经营业绩逐年攀升。时至今日，已成为一家超强的上市公司。

他叫马云，央视二套的《赢在中国》节目曾介绍过他。他在经历了一次又一次失败后，最终成了阿里巴巴集团的总裁。我们不得不承认，并不怎么优秀的他走上了成功之路。当主持人问他凭什么可以取得如此骄人的成绩时，他说：如果说有一点点成功，那是因为自己在并不顺畅的人生中明白"心智是银，行动是金"这样一个道理，独到的眼光加上永不言弃，就一定会博得成功的机会。

俭以养德曾宪梓

　　他幼年丧父，与勤劳善良、吃苦耐劳的母亲相依为命。他爱好体育运动，特别是打篮球、踢足球，常常打着赤脚在村里的空地上跑来跑去，虽然当时的"足球"实际上是一些未成熟的土柚子，既不够圆，也缺乏弹性，但他玩得很开心。即使他这样热爱运动，但家里没钱给他买鞋，他唯一的一双鞋是哥哥穿旧了的力士鞋，只有走亲戚时才有机会穿。

　　童年的苦难磨砺出他的斗志。他靠新中国的奖学金以优异的成绩读完了大学，毕业成家后，他移居香港，与夫人同心协力，靠一把剪刀，剪裁出一片全新的天地。成功后，他热心社会慈善公益事业，做到日均捐款八万元，达二十七年之久。但他的生活却极其俭朴，每餐半碗米饭，一点点肉，一些青菜，每餐的消费不超过十元。在应酬招待客人时，所有吃不了剩下的食物，他常常亲自动手打包带走。

　　童年的困苦造就了他节俭的美德。即使在成为逾四十亿港元的上市公司老板后，在日常生活中他依然节俭得令人难以置信。

　　有一次，他赞助并组织全国各大足球队到沈阳打"甲级足球邀请赛"，其间，他的西裤中间裤缝脱线一寸多长，无论如何都不能再穿了，他只得穿上了另外唯一的一套西装。赛事结束，回到北京，第二天，除中午与体育报记者有约之外，再没有其他特别的安排，他便决定抓紧时间到北京著名的王府井大街看一看，实地考察一下市场行情。

当时，北京的交通管理条例明文规定，所有外来车辆一律不得驶入王府井大街，他只好让司机将车暂时停放在北京饭店停车场，自己带着几个随员步行到王府井大街里的百货大楼。从百货大楼走出来时，外面正下着倾盆大雨，由于有约在先，返回百货大楼买雨伞已经来不及了。他毫不犹豫地一路跑着冲向北京饭店。坐进车里赶回体育宾馆时，他浑身上下、里里外外全部湿透了。

没有衣服可换，没有时间去买。随行人员不知如何是好，便出主意说："老板，不如我们给体育报打电话说您临时有事，去不了啦。"他摇摇头说："不行，这点小事算得了什么，做人不可以这样不尊重别人、不守信诺。没关系，湿衣服没有换的就不用换了，反正身子是热的，湿衣服穿在身上，也会烘干的。"他边说边将皮鞋里的水倒出来，再将脚上的袜子脱下来，将袜子拧干，然后再湿漉漉地穿上去，并笑着说："你们看，没问题了吧。"大家见他这样将就，心里十分难受，何况他们知道，他一向就有风湿病。

这顿午饭，他将湿衣服"吃"成了干衣服，回到宾馆才换上了干爽舒适的睡衣。因为这件事，他感冒了整整一个星期。

随从人员说："老板，以后出门，我一定记得提醒您多带两套西服，要不然出门不小心弄脏了，连换的都没有。"他笑了笑："你不如提醒我回去后，记得找裁缝做好了，本来我想平时有两套换洗的就够了，做多了也是浪费。可能是这两套衣服已经穿了三四年的缘故吧，要不然也不会脱线的。"

虽然屡屡"吃亏"，但他节俭的习惯却根深蒂固，始终没有改变。他有一双皮鞋穿了整整六年，因为穿的时间太长，鞋跟磨得一边高一边低，走起路来既不方便又不舒服。于是，他咬咬牙，决定给自己买一双新皮鞋。

在好朋友的陪同下，他买了一双价值一千二百元的皮鞋，穿上后，很轻很软，感觉特别舒适。但几天后，他脚上穿的还是那双坏了的皮鞋，只不过他悄悄将这双皮鞋换了鞋跟。朋友问他："怎么不穿新买的皮鞋啊？"他抬了抬脚，很开心地说："你看，补好了，又可以穿了。新买的鞋那么贵，还是留着在有庆典活动的日子再穿吧。"

一个身家丰厚的大老板，一举手、一投足的捐赠都是成千万上亿的，居然连一双香港普通打工仔穿的皮鞋都不舍得穿，岂能不令人为之动容。就这么一双皮鞋，最后还是没有穿在他的脚上，而是拿到集团公司所在的欧洲工厂做了样板。

他舍得捐赠，却舍不得在自己身上花费，节俭到了对自己近乎刻薄的程度。有人不理解，问他这是何苦，他说："我是一个普普通通的商人，人生在世，来时两手空空，去时也不能带走什么。我只希望在我的有生之年，为社会多做一些事情，尽可能多地留下我的一片爱心。"

这个让一双皮鞋在脚上穿了六年，还要换上鞋跟再穿下去的男人，就是打造出"男人的世界"的香港富豪、金利来集团有限公司董事局主席曾宪梓。

创意戒指，留住美好时光

大多情况下，戒指是男女间表达彼此爱意的信物。但在当今社会，追求时尚的人越来越多，戒指自然而然也就不仅仅局限于爱意的表达了。不同材质、不同形状的创意戒指对追求时尚的群体而言，无疑成了扮靓整体形象、展现自我个性的重要饰物。

创意戒指以创意恰到好处地将一个人深藏于心的美丽展现出来，构架出色彩斑斓的人生图景，可以让生命中最美好的时光得以停留，让梦想得以呈现；抑或将甜蜜的声音波形通过激光凝固在戒指上，将生命的承诺凸显于人生过程的分分秒秒。

创意戒指的面世，源于一位有心的大学生。他在身边的同学忙着找工作，忙着穿学士服拍照合影、写留言的时候，滋生了一个念头：那就是以戒指的方式留住这段人生中最美好的时光。比如将校徽、毕业年份等信息记载在戒指上。

有了这个想法后，他立马付诸行动。考虑到毕业生的消费能力，他决定选用成本便宜的材质，重在工艺和创意。

通过上网查询，他将毕业戒指的材质范围锁定为不锈钢、铜镍合金、钢芯镀镍等。用这些材质，既光彩亮丽、不失品位，又易于保存。很快，

他一头扎入毕业戒指的设计和制作事业中。联系了生产厂家，达成了生产协议，自己负责设计与销售。

创意戒指从细微处见品质。他拿着自己的设计稿，奔跑在学校的宿舍楼之间，广泛征求意见，敏锐地收罗宝贵的"第一感觉"。凭着"第一感觉"，他确定了最受欢迎的系列款式。不久，首批毕业戒指面世，他拿着这些自己精心打造的宝贝走上了推销之路。然而，这些"有意义"的产品，因过于千篇一律而滞销。他终于明白，要让每件产品有销路甚至畅销，必须让每件产品有灵魂，独一无二。

让每一枚创意戒指做到独一无二，设计难度大不说，还要耗费更多的物力和心力。怎么办？有什么捷径？他灵光一闪：对，就在毕业戒指上镌刻购买者的名字。这样一来，毕业戒指不仅有了更私人化的纪念点，而且摇身一变，独一无二。

虽然制作成本有所上升，但薄利多销的利润可以弥补。

果然，改良版的毕业戒指一经推出，立即引来了订制热潮，在校园毕业班中尤为看好，成为不可逆转的校园时尚。在此基础上，他未雨绸缪，思路一转，迅速将目标客户扩展到了往届毕业生，推出了"求职版""怀旧版""师生版""集体版"等多个版本的毕业戒指，既提升了消费额，又填充了消费淡季，让这种具有纪念意义的创意戒指有了更广阔的市场前景。

随之，他的销售网点也扩展到了格子店、礼品店、饰品店。他还适时推出了材质更好、价格更高的新款式，如此一来，创意戒指的销量与日俱增。

就这样，在属于他的人生旅途上，小小的创意戒指，既留住了他人最美好的时光，也承载着自己无憾无怨的付出和欣喜。

退让是一种境界

康熙年间，当朝宰相张英老家里的人在建造房屋时，为争地基与邻居发生了争执。家人飞书京城求助，哪知道宰相并没有仗着自己位高权重而出面摆平，只是回馈给老家人一首诗："千里家书只为墙，让他三尺又何妨？万里长城今犹在，不见当年秦始皇。"家人见书信后感觉惭愧，立刻在争执线上退让了三尺，下垒建墙。而邻居深受感动，也将墙脚主动退后了三尺，建造自己的府院。这样一来，两家的院墙之间就形成了六尺宽的巷道，成了有名的"六尺巷"。正所谓，墙退了六尺，心胸宽了万丈。

你退我让，往往能将大事化小，小事化了。无疑，"六尺巷"的传说是退让隐忍的极好例证。一个人，拥有包容的胸襟，得意时淡定，失意时坦然，才能拥有风平浪静、海阔天空的快乐时光。

无独有偶。日本企业家铃木太郎在与德国西门子公司就技术合作问题谈判时陷入了困境：西门子公司坚持技术使用费提成率要占到销售总额的9%，铃木太郎不赞成这一提案。几经反复，提成率最终降到5%。但西门子公司又提出了新的要求，要求把技术转让费定为60万美元，并且要一次付清。当时，合同文本的主动权掌握在西门子公司的手中，许

多条款偏向西门子公司，尤其是违约和处罚条款的订立，明显有利于西门子公司。当时，铃木电器公司的总资本不超过4亿日元，而60万美元的技术转让费相当于2亿日元，这对于刚刚起步的铃木公司来说是相当沉重的负担。铃木太郎一下子陷入了两难的选择——如果答应，那么公司必将陷入财务危机；如果不答应，公司就会失去一次发展壮大的好时机。在形势十分不利的情况下，铃木太郎对公司员工说，懂得退让才知进取。于是，他大胆接受了西门子公司的苛刻条约，目的是假人之手，发展壮大，先吃亏后赚钱。

由于与西门子公司实现了技术合作，所以，当时世界上最先进的科技成果，铃木公司都有参与，这为其一跃成为驰名全日本乃至全世界的公司打下了坚实的基础。从表面上看，铃木太郎似乎落了下风，不仅做出了妥协和让步，而且还接受了西门子公司的不公正条款。但事实证明，铃木太郎才是这场没有硝烟的战争中最大的赢家——适当的妥协和退让，成就了一家具有国际地位的企业。

在逆境和压力面前，敢于抗争必不可少，而适当的退让却可以拨云见日，取得更大的成功。布袋和尚有诗云："手把青秧插满田，低头便见水中天。心地清净方为道，退步原来是向前。"这首诗看起来直白易懂，却包含着深入浅出的人生智慧和哲理：一个拥有豁达淡定胸怀，怀恭敬之心低头做事、退让为人的人，才会拥有更为广阔的天空。

最好的生命时光

有一段时期，网络上疯传着一张照片。照片中，一位清纯的女孩身着学士服，长发飘飞，嘴角流露着迷人的微笑，靓丽而不失高雅的形象教人过目不忘。照片中的美女名叫方璐，是中国科技大学85后副教授。

不到30岁，美女方璐就成为双料博士后、副教授、博导。在他人眼里，她无疑是智慧与美貌的化身。这样的时候，更多的人只看到她耀眼的一面，而没有看到或者说根本就没有注意到在这些光环背后，她付出了多少努力和艰辛。

方璐是一个善于在路上赢得人生的人。她眼里心里的"路"，或是有形的道路，或是无形的心路，总之是属于她的人生旅途。于她而言，在路上的人生，是一种积极进取的人生。无论是在学业的路上，生活的路上，还是在事业的路上……她都将自己置于不懈怠、不等待、不放弃、不止歇的人生状态。用她的话说，她喜欢看旅途上的风景，也乐于在追求事业的过程中不懈地努力。在她看来，在路上的时光，才是最好的时光，只有在路上，身心才有机会被充电，生命才有可能不断获取所需的养分。

高中毕业考大学时，她对专业的选择并没有清晰的概念，选择电

子工程与信息科学纯粹是一份偶然。因为不适应这样一个专业，她大一期间的平均成绩在班级中排名靠后。这对一直以来学业优异的她来说，无疑是个打击。她沮丧过、落寞过、彷徨过，经常在心底自责自问，甚至有一个时期产生了放弃的念头。好在，她是一个理性的人，没有贸然做出决定，而是与诸多老师沟通，请他们帮自己分析问题，寻找原因。在他们的释疑和鼓励下，她终于在自己选择的道路上坚持了下来。

这以后，她沉浸在电子领域的学习和研究中，辛苦并快乐着。对于一个女性而言，在这样一个专业坚持下来，可谓少之又少。她的坚持，很快让她站在了一个新的高度。大二、大三，她已完全适应了大学的生活节奏，成绩很快就上去了，她也因此找回了自信。在科大学习的四年，她是那么心无旁骛，那么单纯与专注。她在坚持中发掘着自己潜在的能量，在日复一日的学习积累中，明晰了自己进取的方向。

科大毕业后，她被保送到香港科技大学攻读博士学位，在这里，她又一次在求学路上遭遇了颠覆性的挑战。博士阶段的研究，不仅要求一个人有知识的广度，更需要一个人具有探究问题深度的能力。在这一点上，方璐再一次感到迷茫，失落，甚至陷入无助的境地中。因为有那么一些时日，她总感到力不从心，能想到的却做不到。在身心俱疲的情况下，她开始有了畏难情绪。在强大的压力面前，她常常彻夜难眠，以致产生出退学的念头。

在感性与理性交锋的关口，方璐又一次默默地告诉自己：如果遇到困难就想着放弃，也许这辈子什么事情都做不好。她给自己放了一段时间的假，出去旅游，暂时不去想这些棘手的问题。旅行回来，她恢复了往昔的从容和冷静，理所当然地放弃了退学的念头。她一如既往专注地投入到研究中，很快收获了一些令人刮目相看的成果，又一次找回了自信。

这段时期，她悟出了一些令她受益一生的东西，这也是后来她成为博导后，在教导她的学生时常常说到的："做研究是一个厚积薄发的过程，当积累到一定时候却依然没有成果，很可能是最难熬的阶段。熬过这个坎儿，前方的路会越来越清晰。"

博士毕业后，方璐在香港和新加坡做了一年博士后。这些时日，她的同学各自走上了不同的工作岗位，有相当一部分人去了大型工业企业，拿着不菲的年薪。她本来也有这样的机会，但出于对科研的挚爱，加上无法释怀的校园情结，她最终还是决定回到母校中科大，传道授业解惑。

作为一名教师，她把教好学生看得很重，对学生非常用心，毫不懈怠。她奉行"宽进严出"的理念，不看重报考她实验室的学生的"出身"，就算平均成绩点数不高，她也乐意接收，她要求自己的学生要有做科研的态度。毕业推荐时，只有达到她设定目标的本科生，她才会写推荐信；对于研究生，她设定了高于学校毕业标准的要求，那就是在有影响力的国际化期刊或会议上发表成果，才可以顺利毕业。

一方面是严格要求，另一方面是她为学生学业精进、学有所成做了各种尝试，付出了诸多努力。她经常与学生一对一面谈，对他们的研究状况予以点拨。她注重塑造学生良好的科研习惯，培养他们解决问题的能力，在很多细节上，诸如写论文的逻辑思维、与其他科研学者交流等，她会不厌其烦地纠正学生的问题。除了学业上的问题，她也很愿意倾听学生的其他想法，无论是对未来的选择，还是生活、情感上的困惑，她都会不遗余力地提供帮助。

她姣好的面容，葆有知性智慧的微笑；她飘逸的长发，昭示着在路上简单而丰富的人生。怪不得在众多学生的心目中，她是集美貌与智慧于一身的"女神"。面对来自方方面面的赞誉，这位工作上的精英、生活中

的女汉子淡定而从容地说："我不在意这些外在的标签，我在意并恪守的，是在我最好的生命时光里，融入我生命中的那股热爱科学、钻研科学的精神。"

生命中的玉色时光

很小的时候，迈克尔的父母离异，随奶奶一起生活的那些日子，他形成了自卑的性格。

奶奶去世后，他早早辍学开始了打工生涯。因无一技之长，他先后换了几个地方，最后都因难以胜任手头的工作而离开。雇他的人都认为他一无是处，连他自己也认为自己能力低下。

这样一来，迈克尔对生活丧失了信心，几至绝望。他找到牧师，希望他会有办法拯救自己。牧师说，我们所处的世界，最有效的拯救源于自身。

牧师的话迈克尔听不进去，在自卑的阴影下，他越来越潦倒，以致有了了却生命的念头。他有心将自己的所有物品清理了一番，发现抽屉里有奶奶留下的一块看似老旧，但样式还算精致的翠玉。用心擦拭之后，这块翠玉散发出透亮的光泽。

迈克尔带着翠玉去牧师那儿忏悔，临走时，将翠玉留在忏悔台上，让牧师用以布施大众，留下他心头那一点光。

翌日，迈克尔万念俱灰走出家门。恰在此时，牧师和一古董商迎面走来，将那块翠玉放到了迈克尔的手中。古董商说，这块翠玉太贵重了，

他不能要。古董商还肯定地说，经过鉴定，这块翠玉年代久远，做工精细，价值在百万元以上。迈克尔一听愣在那儿，他怎么也没想到，自己还拥有这么大一笔财富。欣喜之余，他感谢了好心的牧师和古董商，揣着那块翠玉，回到了家徒四壁的房间。

这块翠玉改变了迈克尔一心求死的念头，他押上不多的房产，贷款租下了一间门店。他想，就算赔了，还有一块翠玉可以卖掉，用于偿还债务。

迈克尔开始心无旁骛地做起生意。很快，他将生意做得风生水起，店铺在他的精心经营下不断地扩充，他甚至有了开连锁店的打算。就这样，属于他的生活越来越有滋有味了，他的感觉也越来越亮堂了。随着时间的推移，他成了一个信心十足、想法颇多的生意人。

生意上的成功，使迈克尔重新审视自己、评价自己，他觉得自己不比谁差。他甚至发现，旁人都称赞他是一个相当优秀的人。没人的时候，迈克尔从怀里掏出那块翠玉，端详着，抚摸着，看了又看，自言自语轻叹着，奶奶啊，如果不是您留下这块翠玉，我的生命恐怕早就归于尘土了。

迈克尔将想法付诸行动，开起了连锁店。在他心里，这块翠玉是他闯天下的根基，有它在，就没有什么可顾虑的。迈克尔再次扛下高额贷款，办起了连锁店。然而因为缺乏人本管理的经验，迈克尔终归还是失败了，将以前的积蓄赔了个精光。

在无计可施的情况下，迈克尔拿出那块翠玉走进了拍卖行，他想借此东山再起。拍卖商人仔细看了一眼这块翠玉，说，就是平平常常的一块玉啊，值不了多少钱！迈克尔傻怔怔站在那儿，他怎么也没想到，他这么多年打拼的依托，原本就是一块寻常的玉。

他找到牧师和古董商，想让他们再确认一下。古董商拿过玉一看，说，不必鉴定了，这就是一块寻常的玉，当初说它价值百万，是为了给你一个支撑，让你有信心活下去。老实说，当初，我们能帮你的也就这些。

迈克尔明白了，这些年，支撑他生命的不是这块翠玉本身，而是深入心灵的一个玉色信念，让自己的生命散发出玉色一样的光芒。他原本只有一块寻常的玉，现在依然只有一块寻常的玉。只是，他的生命已经摒弃了曾经的自卑、萎靡、悲观、失望。

几年后，迈克尔又有了自己的事业，他的怀里依旧揣着那块翠玉，在他眼里，那是值得他一生咀嚼的人生念想。

一个人，一旦拥有了支撑生命的念想，属于他的生命时光就一定会玉色葱茏，绚丽多彩，莹彻透亮。

处处用心的人生最美

因家境贫寒，他高中未念完，就被迫辍学打工。出外找工作的过程中，由于他一无学历，二无技术特长，稍体面些的工作，都将他拒之门外。奔波途中的频频碰壁，让他深深感到：书到用时方恨少。在现代社会，一个人要有所作为，无知或知之不多都是不行的。

他不得不降低求职门槛，去从事那些技术要求低的工作。最初，他在广州一家中外合资玩具厂打工。厂里的产品销往国外，订单是英文的，包装箱上的说明、物品尺寸全是英文的。因弄不懂这些英文，他处于被动的境地，工作效率低下。这段时期，他得到的报酬较之他人要少得多。有一次，他打工的车间来了一批参观的外国客人，随行的翻译娴熟地同他们说笑，边走边介绍情况。在一旁忙碌的他，对他们之间的对话一句都没听懂。那一刻，他因心生羡慕，脑子里一片空白。过后，他暗暗发誓，要奋发努力，制定目标，改变命运。

此后的日子，他捡起高中英语课本，买来英语词典，从包装箱上的英文说明开始，以生吞活剥的记忆方式，将这些英文词汇烙入记忆之中。在这期间，他养成了一大嗜好，那就是收集贴在酱油瓶、酒瓶上的商标以及各种调料的外包装袋，不了解他的人说他有毛病，而他只是付之一笑。

其实别人哪里知道，他所掌握的很多英语单词都是从上面学来的，他正在以这种特别的方式一步一步向自己的人生目标靠近。

就这样，他边工作，边勤勉不懈地学习，很快，他具备了一定的英语基础。为了拥有一个更好的学习英语的环境，他找熟人，磨嘴皮子，在不计较报酬高低的前提下，几番周折后，来到清华大学食堂做起了厨师。他白天上班，晚上毫不懈怠地学习。一天，因看书看得很晚，他感到饥饿，就拿过一包方便面，打开包装袋将方便面放在碗里。在泡面的间隙，他顺手将那个不起眼的方便面袋子拿了起来，上面有调料、盐、糖、保质期、厂家，都是中英文对照的。方便面泡好了，上面的单词他也记牢了。他发现，这种记忆方式很管用。这以后，他养成了随时随地、处处留心的习惯。在他眼里，生活本身就是一本移动的英文教科书，只要留心观察，时时处处都能找到英文的影子。大量的英文词汇，他都是通过捕捉香皂、牙膏之类的日常用品上的中英文对照，以及旅游景点的中英文对照介绍掌握的。

随着学习的深入，他觉得，最好的记忆方式，就是将单词与生活紧密联系，形成句子，变成文章。他一方面通过阅读英文原版书籍和报纸来记单词，另一方面通过口语练习的方式，将英文真正糅进自己的日常生活中。一天中午，因下课晚点，学生们在食堂窗口前显得拥挤嘈杂，见到这种情形，他脱口说了声"Would you please wait for a while？"（请等一下好吗？）声音不大，但清晰有力。听到这一声圆熟的英语，学生们混乱之中伸进窗内的手和碗缩回了：卖馒头的小师傅会说地道的英语？"Thanks for your patience."（谢谢你们的耐心）他笑着又加了一句。还有一次，两个学生在窗口讨论英语单词中有面包，怎么就没有馒头呢？"有，是steam-bun。"他不假思索就接过了话茬。接下来，两个学生又在争论bean能否指代豌豆。他在窗口里面说："bean

是豆类的总称，pea 才是豌豆。"他们听了，佩服得连连点头。从此，他开始有意识地说英语，因为这个原因，他卖饭的窗口，总是排起一溜长队，就连不太爱吃馒头的学生也排上了，只为了与他说说英语。

因为锲而不舍的努力，一次总分为 690 分的托福考试中，他以 630 分的好成绩打破了自己一向平静的生活，引来了诸多媒体的热切关注。为此，清华学生将他比作《天龙八部》中深藏不露的少林寺"扫地僧"，称赞他平时不为人知，却有着惊世骇俗的本领。

这个边打工边学习的年轻人名叫张立勇。他的成功证明：成功之路没什么捷径可走。如果说成功真的有什么捷径的话，那就是心怀梦想，坚定信念，耐得住困苦和寂寞，做生活的有心人。任何一个人，若想改变自己的命运，就必须在生活的磨砺中，在琐碎平淡的日子里，时时留心，处处用心，把握每一个可以让人成长的生活细节，只有这样，才能卓有成效地向自己的人生目标靠近。

每桶 4 美元

　　二十岁时，他踏入社会谋生，在一家五金店找到了一份工作，月薪不到 10 美元，每年才挣 100 余美元。有一天，一位要结婚的顾客，按照当地的习俗，买了一大批生活用品、劳动用具。这些货物装了满满一推车，就是骡子拉起来也很吃力。五金店老板找不到骡子，于是拍了拍他的肩，安排他运送这些沉重的货物。他没有半点犹豫，很乐意地接受了这项工作。

　　一开始一切都很顺利，但是，走了一段路程后，一不小心，车轮陷进了一个泥潭里，他使尽力气，尝试了多种办法，弄得自己一身泥水，一身汗水还是推不动。一位营运商驾着马车路过，看到了他的窘况，便问："年轻人，需要我帮助吗？"他当然求之不得，对营运商表达了十分谢意。营运商用他强壮的马对他施助，拖起了推车和货物，因为推车上的货物实在太多，营运商担心他在路上还会陷入同样的困境，便帮他将货物送到了顾客家里。在向顾客交付货物时，时间已经很晚了，但他依然一件一件仔细地清点货物的数目，直到清点无误才推着空车艰难地返回商店。当他一身泥水一身汗水站在五金店的老板面前时，五金店老板对他如此尽心尽力的表现，一副麻木的样子，没有一句感谢的话，更没有任何赞许的表示。

几天后，那位帮过他的营运商找到他，告诉他说，如果他愿意，可以为他提供一个年薪300美元的职位，做得好的话，还可以加薪。他当时并不知道，营运商之所以看重他，是因为在营运商看来，他是一个对工作有热忱，对烦琐事情足够专注又细心的人。在营运商眼里，他的可塑性是难以限量的。想到家境的不堪，生活的压力，五金店老板的漠然，加上这份薪水的吸引力，他稍许犹豫了一下，便接受了这份工作，成了营运商的一名职员。

在营运商的公司里，他付出了很大的努力。但一段时间后，虽然营运老板没对他说什么，他还是感觉到了这位营运老板对他的工作并不满意。他有些气馁，私下对朋友说："我尽管做事很卖力，但老板并不把我放在眼里，改天我再看见他，要当着大伙的面对他说辞职。"朋友真诚地说："你的想法是不对的。你自己看看，对于公司现在的业务你完全弄清楚了吗？对于老板做国际贸易的窍门你都搞通了吗？""当然没有。"他摇了摇头。"这就对了，这位老板我了解，他不光看重一个人的工作态度，还相当注重一个人的工作能力。我建议你把公司的贸易技巧、商业文书和公司营运流程完全搞通弄透，哪怕是如何修理复印机的小故障都要学会，你可以将公司作为你免费学习的地方。在什么东西都学会了之后，如果老板对你还不满意，你再辞职不干，一走了之，也为时不晚。"

听了朋友的一席话，他茅塞顿开，知道营运老板为什么不满意自己工作的症结所在了。打这以后，他一门心思扑在公司营运的各个环节上，时时留心，事事注意，不懈不怠，默记偷学，常常在下班之后，还留在办公室研究商业文书。

两年后，朋友问他："你现在学到许多东西了，熟悉了公司的业务流程，还有辞职的想法吗？""没有，我发现最近半年来，老板对我刮目相看，特别是将营销环节的主要工作也交给了我，我得好好干下去，不能辜负了他的重托。”

这以后，他娴熟的业务水平赢得了极好的口碑，自然而然，他多次得到公司的重用。在公司重要的工作岗位上，他总是以打造公司声誉为己任，无我忘我，开拓创新。在每次外出洽谈业务需要签名时，他总是在自己的名字下方写上"每桶4美元的标准石油"的字样，在与朋友亲人的书信来往中，在他开出的每一张单据上，哪里需要签名，就一定会出现"每桶4美元的标准石油"这行字。有一次他在旅店住宿，在住宿登记册上写上"每桶4美元"几个字，服务员看了看他的签字，又看了看他，露出疑惑的神情，他觉察到了，尴尬一笑后，挥笔添上了自己的名字。正因为他无处不在的宣传，"每桶4美元"成了他所在公司的旗帜和灵魂。久而久之，"每桶4美元"也代替了他的真名。从不单独邀人进餐的公司董事长知道这件事后，在为他努力宣扬公司的声誉而击掌叫好的同时，破例邀请他共进晚餐。

有这样一句话："企业声誉更能创造超值财富。"当然，好声誉不会与生俱来，好声誉需要日积月累。当一个人将企业声誉看得比自己的名字还重要的时候，毫无疑问，他的人生状态一定是值得称道的。这个年轻人就是这样，将打造公司声誉变成一种自觉行动，这样一种自觉行动使他的人生闪现出迷人的光泽。在动态的人生过程中，他把住了企业声誉的脉搏，在造就公司声誉的同时也造就了自己。正因为他永远将自己的名字和公司的声誉放在一起，多年后，他成了这家公司——美国标准石油公司的第二任董事长。他的名字叫阿基勃特。

财富不等于快乐

可以说，快乐本身是人生的一大财富，但不能说财富就等于快乐，快乐和财富之间是不可逆的。创造财富的过程也许是快乐的，但一旦拥有了财富，未必就一定会拥有快乐。因为拥有多少财富远不及在创造财富的过程中获得的快乐多，财富在给人类带来福音的同时，随之带来的也有无法抗拒的灾难和罪恶。

民营企业家刘永好说过这样一句话："对我而言，多1个亿和多几百块钱没什么区别，当财富足够生活所需后，它已经不是一个人追求的最终目标了。能够支撑我不断进取的主要原因，是追求和奋斗过程中拥有的快乐。"

他投身创业之初，正是炒作房地产的绝佳时期，那时的他知道得并不多。他的一位做生意的邻居向他传授秘诀：首先去买一块地皮，然后把它卖掉，然后跟谁谁合作，再怎样怎样。总之是把100块钱买来的东西最终卖出1000块，当然就赚钱了。他当时就想：嘿！这不就是"击鼓传花"吗？无论这鼓敲得多响，这花传得多快，最后总会停下来，到时候那花落在谁手上谁就会倒霉。当然，如果就这样拥有了一大笔财富，也显得太不实在太不厚道了。就在这一闪念之后，他将已投资房地产的钱撤了回来。他要走的不是这样的"捷径"，而是一条本色、务实、不贪图侥幸之财的经营之道。在他看来，轻易得到的，即使拥有得再多，也无法感受奋斗的快乐。

他走了另一条实业之路，开始打造自己设想中的饲料品牌。上市之初，他经营的饲料因为质优价廉，在江西出现了供不应求的局面，农民常常排起长队等待购买。然而当时的执行厂长为了降低成本，追求经济效益，用多水分玉米做原料加工饲料。那批饲料猪吃后不长肉，给农民造成了损失。低成本使他创建的企业集团很快就赚了500万——企业有了希望，而农民却没有了希望，以致很长一个时期他的企业集团生产的饲料在当地的销售处于低谷。他每每回想起这件往事，心中就十分内疚，在集团员工大会上也常常提及这件事，总是十分遗憾地说："这就是报应。我们要记住这样一句忠告'毁诚信易，铸诚信难'。作为企业要视信誉如生命，要像爱护眼睛一样爱惜信誉，只有始终坚持为用户提供最好的产品和服务，维护企业在用户中的良好信誉，企业才能不断发展。"在这以后，他始终将诚信摆在第一位，以"做诚实而精明的商人""勤勤恳恳工作，堂堂正正做人"为经营准则。在他的经营方略里，这是口号和宣言，更是真知和灼见。的确，只有具备了守法基础上的精明，只有在不损害别人利益的前提下进行商业操作，在市场中才容易成功。因为他及时汲取教训，总结经验，最终还是拓出了一片全新的市场。他在将遗憾留在心中的同时，一步一个脚印地将企业产品做到了行业前列。

正当他经营的"希望饲料"打出一片大好河山的时候，房地产进入了低迷的"微利"时期，别人纷纷感到房地产这碗饭越来越难吃了，他那里却迸发出了在困境下打拼的火花。转念之间，他注册了房地产开发公司，在多方调查考证之后，大胆投入资金，以"在最适合居住的城市里建设最适合居住的小区"为理念，一路趔趄着走来，竟然又是一片阳

光灿烂。有人说，"从商之道与为人之道是相通的，它不是什么'玄机'，而是企业发展壮大的内在标志"。从这位诚信务实、能直面遗憾、善于拼搏的民营企业家身上我们看到，这句话是非常有道理的。

心中装着遗憾时，及时汲取教训，诚信当先，乐观进取正是民营企业家刘永好的处事之道。成功后的刘永好，并没有坐在80亿元人民币的财富上，他坦言，"财富对于我个人而言已经失去了意义，如果在发财后就不思进取，那绝对不是一个对社会发展有责任心的人"。他一直在赚钱，一直在耗费自己的心力才智去拥有更多的财富。他不是为着在富人榜上争个第几的席位，也并没有感到拥有更多的财富才有更大的快乐，他一直认为他的快乐是在他创造财富的过程中。当然，在创造财富的同时，他从不漠视财富之外的其他东西，比如青春韶光，人生智慧。他曾说："如果可能，我愿意让出我所有的财富和一个年轻人交换年龄。"

拥有财富只是一个生命过程而绝不是生活的目的，这是一个铁定的不容改变的生活真理。一个人或一个社会追求财富的最终目的是追求生命的快乐，财富不过是人类社会生存与发展的基础。对一个社会而言，财富的增加，并不等于社会福利或所有人的快乐都增加了；而对个人来说，快乐只是属于个人的一种内在感觉，它来自"心灵的平静"，而绝不是财富本身。

以流浪的姿态捕捉明媚春光

20世纪50年代末出生于安徽一书香世家的女画家石兰，幼年时便在绘画上表现出了特别的天赋，但父母并不支持她学画，认为将来安分守己当好一个工人就不错了。因为在那个时代，艺术产品并不受重视，甚至一不小心，就可能被认定是小资情调。石兰没有遵从父母之命，暗地里在绘画上苦下功夫，很快，她在家乡便小有名气。

因为画画得好，改革开放之初，她回城进工艺美术厂当起了美工。她的设计相当出色，绚丽灿烂，引人注目。九十年代初，她被厂方派驻深圳，式样繁多的工艺品让她大开眼界，在绘画上要有所造就、有所建树的念头再一次在她的心头滋生。1995年，她把自己逼到尽头，背水一战，放弃工艺美术厂的工作，北上中央美院进修学画。那时候，她两手空空，身无分文，年龄已指向人生中点，又有孩子，这样抛家舍口，一人独自北漂，其勇气不能不令人叹服。

在中央美院，她结识了一大批汇聚在那里的全国一流的画家，她拜在了中央美院教授、著名画家郭怡孮的门下。那些时日，她花一百元在远郊租了房子，每天骑一小时的自行车到美院学画，她在学画过程中表现出的疯狂劲头，是其他学员远远不及的。一年后，她成为在北京举办

画展的少数几个学生之一，画展后，她抱着几幅画到广州卖了几千元钱，拿了钱她又回到北京继续学画。在北京，她一待就是五年。从没有名气到小有名气，从一无所知，到广为涉猎。五年北漂学画，为她的绘画人生注入了生机。郭怡琮这样评价石兰，"石兰对绘画的忠诚和她付出的心血，都能从她的作品中表露出来。每看到她的一批新作，我都能体味到那艰辛的履痕，甚至会联想到女排、女足姑娘们，那种执着进取的精神真让人感动。"正是因为对绘画的执着坚守，在当时的北京画界，只要有人提起女画家，就会有人说："一个女人能走多远，看看石兰便知道了。"

随后的岁月，石兰的画作屡屡在全国获奖。然而，以绘画为生命轴心的石兰，并不满足这些成绩，她总在不断地探索和追寻。在一本画册的后记中她这样写道："我不知道应该如何表达自己的感觉，艺术对于我是圣山、是火焰、是磨难、是欢愉；也是几分从未失去、未曾拥有的惆怅。"

在艺术修为得到导师的认可后，她又一次以流浪的姿态出发了。第一站，她来到了四季如春的云南西双版纳。在那里，热带花卉长得鲜艳欲滴，蓬勃张扬，生机盎然，恰似明媚的春光在肆意铺绽，这不正是她着意要捕捉和表现的意境吗？她为之震撼，为之沉溺。这些时日，她抓住热带花卉色彩鲜艳的优势，突出色块之间的比对度，创作出了《南国风》系列作品，这些作品近看洋洋洒洒，远看效果强烈震撼。《南国风》系列作品完成后，石兰携带这些作品前往法国巴黎国际艺术城进行了为期三个月的艺术交流，同时举办了为期十天的画展，在这十天中，她的绘画以鲜明的民族艺术特色成为国际艺术城的热点，也为她的绘画人生树立起了一个簇新的里程碑。

2009年，石兰应约前往美国写生。加利福尼亚明朗的太阳，辽阔的原野和鲜艳的花丛，都激发着她的创作激情。9月份，她的个人画展在硅谷亚洲艺术中心开幕，展览还未布置就绪，就有很多美国朋友前来抢购

　　她的作品。一位中文名叫舒建华的美术评论家说："石兰作品的韧性和灵气兼备，色彩华丽，高贵典雅，充满积极向上的精神。"有人问石兰，你的画作为什么给人的感觉总是春光明媚？石兰说："生而为人，就应该时时以饱满的情绪和乐观的心态看待生活，而不应该总是关注生活的阴暗处，身在哪里，就该尽情享受哪里独特的美。"

　　石兰是个职业画家，更是一个不甘安逸的流浪型画家，而作为女人，石兰流浪并美丽着，每次在流浪途中，除了"扫荡"美景、美人，将之装入自己的画框中，她还会抽空去"扫荡"美服，这些"扫荡"的成果，往往令人艳羡却又千金难买。她甚至记得在不同的地方开画展所穿的衣服。她在自己的画前留影，人总像是长在画中一样，浑然一体。每流浪到一处，她的穿着打扮总是那样切合时宜、恰到好处。

　　可以说，她的绘画充满了身在途中的趣味：用色大胆，美不胜收，绚丽至极，内敛而散发。正因为如此，她的部分画作被一位画廊老板悉数买断，并且画廊老板只是悉心囤积，没有要拿到市面上出售的意思，其内在的价值由此可见一斑。怪不得郭怡孮会说："她的画是涅槃而生的，一诞生就具有强大的生命力。"

与机遇同行

机遇是美丽飘逸的天使，在她倏忽降临时，对一个毫无准备的人，她会翩然而过，一去不回，对于有充分准备的人，则是另外一种情形了。

有个年轻人，在一次意外事故中，全身60%以上的部位被烧伤，面目可怖，手脚变成了不可分辨的肉球。面对镜子中难以辨认的自己，他曾经痛苦过，迷茫过，但他并没有因此沉沦，而是默默地在心灵深处以先哲的教诲来警醒和鞭策自己："相信你能，你就能！""问题不是发生了什么，而是你如何勇敢地面对！"

虽然身残，但他没有沉沦。很快，他就从痛苦中走出来，运用自己的聪明才智，几经奋斗，成了百万富翁。拥有财富后，他并没有就此满足，非要用肉球似的双手去学习驾驶飞机。结果，因飞机突发故障，他从高空摔了下来。当人们找到他时，他的脊椎已是粉碎性骨折，面临的是终身瘫痪的现实。他的家人、朋友极为悲伤，但他却说："这是我无法逃避的命运，我必须乐观面对，勇敢地接受。我的身体虽然不能行动了，但我的大脑依旧是健全的，我还有一张嘴可以帮助别人。"在医院的病房里，他用自己的智慧和幽默，去鼓励病友战胜疾病。他在哪里出现，笑声就在哪里荡漾。

　　一天，一位护士学院毕业的金发女郎来护理他，他一眼就断定她就是他的梦中情人。他将自己的想法告诉了家人和朋友，大家都劝他：这怎么可能？这太不可能了！你现在这个样子，人家会拒绝你的。如果那样，你多难堪呀！可他却说："不，你们错了，万一成功了怎么办？万一她答应了怎么办？"

　　他决定通过自身的努力，去抓住哪怕只有万分之一的可能。终于有一天，他瞅准机会，勇敢地向那位金发女郎道出了心中的爱慕之情，金发女郎听了他的表白，虽然没有当即作答，但也没有断然拒绝。在这以后，他便以各式各样别出心裁的方式向她示爱，让她感觉到他对她的爱无处不在。两年之后，金发女郎走上了他给她铺就的红地毯，完完全全融入了他的生活。他的坚韧不拔和永不放弃，让他成为美国人心目中真正的英雄，并因此成为美国唯一一位坐在轮椅上的国会议员。

　　生而为人，只有具备了积极、乐观的人生态度，时刻准备着，凡事往好处想，才能视困难为机遇和希望，赢得人生与事业的成功。如果遭遇到一点点困难，就想放弃和退却，那么，再好的机遇也会擦身而过。

　　在人生的道路上，与机遇同行，不放弃每一次机会，哪怕是面对万分之一的可能，也毫不懈怠地去追求，去争取，才能走进人生的希望和梦想，获得非凡的成功。

将沙子扔进大海

海南三亚的"天涯海角"带有浓重的情爱色彩。去"天涯海角"的途中，导游说，如果你和心爱的人在一起，一定要牵着手去，牵着手回。而且，面对可以包容一切的大海，不要忘记做一件事：拣一些细碎的石子或抓一把沙子扔向苍茫咸涩的大海，这样，属于你的烦恼、忧愁、痛苦、不幸就会一去不返，你以后的人生将会平安平静，圆满幸福。

景区内，临海的爱情广场透着生活的丰盛和激情，荡漾着生命的浪漫和温馨，海风轻拂下的椰子树，簇拥着宽敞的广场，夫妻、恋人乃至单身男女们争相在广场上刻有"永结同心"四个大字的礁石前留影，这意味着什么呢？我想，这也许诠释着尘世之间，凡俗男女们，从内心深处都是渴望情感和谐、渴望拥有一份属于人世间的美好和浪漫吧。

穿越广场，踏上通往"天涯海角"的路途，夹道相迎的，是两两相依、合二为一的，象征着两性情感缠绵不绝的同心树，它们相互拥抱着，相互支撑着，倾尽心力将生命的枝叶向更高处伸展，以求将阳刚之美、阴柔之美凸显到生命的极致。虽然有的已然枯竭，但更多的却生机盎然。这些树，无论风雨阴晴，无论枯荣兴衰，都以相亲相爱的形象缠绕在一起，生生相依，至死不渝。

　　走出同心树的意蕴，扑入眼帘的，是印有千千万万个脚印的、见证着一拨又一拨烟尘远客来这里圆过天涯之梦的沙滩。脱下鞋袜，赤脚踩在细细软软的沙滩上，听永不止歇的涛声拍打礁石，看海浪永不倦怠地在沙滩上往返，观人潮涌动，赏浪花朵朵，蓦然发现，生活原本也可以如此惬意、温软、淡定、安然。任细沙摩挲着脚板，任海水轻吻着脚踝，走过并不高耸的"南天一柱"，"天涯"石便在眼前了。"天涯"石下，"海阔天空"四个大字让人心旌为之一振。是啊，人生就算走到了尽头，只要将一切放下，依然可以海阔天空。"天涯"之外是"海角"——一大群赭黄色的砂岩默默聚集在那儿，千年万年，不动声色。我想，它们是不是在盘点尘世间的是与非、黑与白呢？

　　从"天涯海角"返回的时候，我想起了一种流传甚广的说法，说两种人不宜走"天涯海角"：一种是做官的，怕自己的仕途走到了尽头；一种是夫妻，害怕姻缘到了尽头。其实，做官也好，做夫妻也好，都是在做人。为人处世如果一味患得患失，这些话也许会机缘巧合般，在一个人身上得到验证；相反，如果一个人心地坦荡，就算走到了天涯海角，不是一样可以海阔天空吗？

　　出了景区，从游兴中醒过神来，我发现我没按导游说的，拣一些细碎的石子或抓一把沙子扔向苍茫咸涩的大海，但我并不为此而懊恼而沮丧，因为我知道，通向"天涯海角"的短暂行程中，所有进入视野的景观，已一一潜入我的内心深处，它们在涤荡着我灵魂的同时，已快意欣然地将我生活中的沙子，从心灵深处抓出来扔进了大海。

示弱的智慧

　　春秋战国时期，秦国讨伐韩国，将军队驻扎在赵国阏与。为应对此事，赵国派出了田部吏赵奢。赵奢没有马上带兵奔赴前线阏与，而是让军队在离国都 30 里的地方驻扎下来。日复一日，他的人马在这儿一待就是 28 天。秦军将领沉不住气了，便派一名间谍到赵军中试探。赵奢对间谍敬若上宾，好酒好肉款待他。秦军将领得知后，非常高兴，以为赵奢惧怕，不敢夺回阏与这块失地。就在秦军因藐视对手而麻痹大意时，赵奢率部下以迅雷不及掩耳之势占领险要地势，集中优势兵力，一举击败了秦军。

　　示弱，可以使对手失去防备之心，更利于自身聚能蓄势，一旦积蓄了足够的力量回击，对手就会措手不及。

　　一位记者去拜访一位企业家，想获得有关他的一些丑闻资料。一见面，这位企业家就对有心要质问他的记者说："时间有的是，我们可以慢慢谈。"记者对企业家这种从容不迫的态度大感意外。

　　不多时，工作人员将茶端了过来，这位企业家端起茶喝了一口，立即大嚷道："哦，好烫！"茶杯随之落地。等收拾妥当，企业家又把香烟倒着插入嘴中，从过滤嘴处点火。这时记者赶忙提醒："先生，你将香烟拿倒了。"企业家听后，赶忙将香烟拿正，不料又将烟灰缸碰翻在地。对这位知名企业家令人发笑的表现，记者大感意外，不知不觉中，原有的挑战情绪消失了，甚至对对方产生了一份同情。这正是企业家想要得到的效果。这整个过程，其实都是企业家一手安排的。

人与人的交往中，要使别人以放松的状态亲近你，常常需要巧妙而不着痕迹地暴露某些无关痛痒的缺点，出点小洋相。这样，才可以表明自己并非高高在上、十全十美的人。当人们发现杰出人物也有许多弱点时，对他曾有的隔膜会随之消失，反而受同情心的驱使，产生某种程度的理解认同。

示弱，并不是软弱无能。它展示的，恰恰是一份平和的心态，一种超越自我的境界；它彰显的，是一个人的机敏和智慧。生活中向人示弱，可以和谐相处；工作中向人示弱，可以聚能蓄势；强者示弱，可以展示博大胸襟；弱者示弱，可以避免不应有的损伤。李康说："木秀于林，风必摧之；堆出于岸，流必湍之；行高于人，众必非之。"这是源于自然、缘于生活的一种彻悟。生活就是这样，生而为人，若是锋芒毕露，个性太强，往往会命运多舛，处处受制；处事若能从容低调，示弱在先，往往能趋利避害，在更为宽阔的天地里，一步一步向心中的目标靠近。

智者的机遇

机遇，如茶杯之于茶壶，只有将自己放在低处，不急不躁，不断地吸纳壶中的芬芳，积聚经验和智慧，才能在机遇到来之时，更好地筹划自己的人生。

什么是机遇？一位营销学教授对他的学生讲了这样一件事：泰国许多地方盛产椰子，而椰树高达十几米，且树干光滑没有枝丫，采摘椰子难度非常大，每年上树摘椰子都要出一些安全事故。一位高中毕业的椰农设立了一个驯猴学校，主要是训练猴子摘椰子的技术，然后把这些训练有素的猴子卖给那些园主或者是想以出租猴子为业的农民。因为猴子摘椰子的效率比人高了三四倍，结果，他训练的猴子供不应求，短短几年这位农民就成了当地首屈一指的富翁。最后教授说："那个泰国农民如果不了解椰农摘椰子的艰辛，没有一双善于寻找的眼睛，机遇永远也不会来到他的面前。"由此看来，机遇，只偏爱那些有准备的头脑；运气，总降临在那些深思熟虑者的身上。

真正的智者，攫取机遇但绝不信仰机遇，因为他知道，机遇只垂青那些懂得怎样去追求它的人。1992 年第 25 届奥运会在西班牙巴塞罗那举行，该市一家电器商店老板在赛前向巴塞罗那市民宣称："如果西班牙运动员在本届奥运会上得到的金牌总数超过 10 枚，那么顾客从 6 月 3 日到 7 月 24 日，凡在本商店购买电器，就都可以得到全额退款。"这个消息轰动了巴塞罗那。人们争先恐后地到那里购买电器，商店的销售量激增。才到 7 月 4 日，西班牙运动员就已经获得了 10 金 1 银。于是，人们比以前更加卖力地抢购电器。据估计，电器商店的退款将达到 100 万美元，看来老板是非破产不可了！可老板却从容不迫地说："从 9 月份开始兑现退款。""这是为什么？他能退得起吗？"人们心里难免有疑问。原来老板早做了安排。在发布广告之前，他先去保险公司投了专项保险。保险公司认为不可能超过 10 枚金牌，就接受了这个保险，这是一个旱涝保收、只赚不赔的保险。如果西班牙运动员得到的金牌总数不超过 10 枚，那么电器商店显然发了一笔大财，保险公司也无须赔偿。反之，金牌总数超过了 10 枚，那么电器商店要退的货款将全部由保险公司赔偿，与电器商店毫无关系，电器商店无疑发了更大的一笔财。

这是睿智地利用机遇的一个例证。机遇来的时候，如果过分审慎，对时机重视不够，就会坐失良机。许多成功人士，并不是才干出众的人，而是那些善于利用每一个时机去发掘去开拓的人。于智者而言，机遇之门永远是敞开着的。当然，拥有机遇并不代表着成功，生而为人，假如不把主要精力放在自身的磨砺和历练上，而是把希望寄托于机遇上，不要说机遇并不是随处可拾，即使有了，也只能眼巴巴地望着它溜走。

弱者坐待良机，强者制造时机。马云曾针对那些寻思创业却不付诸行动的人说过这样一句话：晚上想想千条路，早上起来走原路。可以说，这样一种态度的存在，是同机遇失之交臂的成因。不要抱怨生活中没有什么机遇，机遇其实就孕育在充满危机的挑战之中，只要肯去付出，勇于挑战，就有可能获取机遇并走向成功。

有一种"傻"，叫聪明

有的人，你看一眼，会觉得他挺聪明；有的人，看来看去，都觉得他生来就与"聪明"二字无缘，但他并非不聪明，只是他的聪明被一种外在的傻劲掩盖着，你无法一下子看出来。这种聪明就是人们常说的"大智若愚"。

俗语云：傻人有傻福。这里所说的傻，有真傻的，也有装傻的。若是装傻，而且装得不着痕迹，是为大智，这样的人，他的聪明渗透到了骨子里。他也许从未想过"将欲取之，必先予之"的道理，但他在生活的琐琐碎碎中，常常无意识地就这么做了，做得自然坦荡，无我忘我。他帮助了别人，给予了别人，然后顺理成章地有了收获。与其说他有福分，不如说他的福分得益于他的"傻"。人生在世，装聪明不容易，装傻更难，一辈子装傻则难上加难。所以，真正的聪明人，最怕的不是对手装聪明，而是对手装傻。

一个"傻"得恰到好处的人，绝非傻瓜。这种"傻"，是大智若愚，是真聪明。《三国演义》里众所周知的张飞，就有几分傻气，他是真傻吗？其实不是。在长坂坡，为救幼主阿斗而断后的他，孤身一人，却敢一声断喝："俺乃燕人张翼德是也，谁敢与我一战？"他一声断喝，扰乱了曹操正常的思维，让那么一个聪明人掂前想后，最后不得不引数万大军自退而去。这正是他的智慧所在。面对数万大军，他像诸葛亮使"空城计"一样，急中生智，用上了"虚张声势"这一招数。

当危险来临时，通过装傻弄呆，可以达到逃避危难、保全自身的目的。齐人孙膑遭庞涓暗算后，身陷绝境，但他没有妥协，而是佯狂诈疯，消除庞涓的警惕。一天，庞涓派人送晚餐给孙膑吃，见孙膑正准备拿筷子时，忽然昏厥，一会儿又呕吐起来，接着发怒，张大眼睛乱叫不止。庞涓接到报告后亲自来查看，见孙膑痰涎满面，伏在地上大笑不止，过了一会儿，又号啕大哭。庞涓为了细察孙膑疯狂的真假，命令左右将他拖到猪圈中，孙膑披发覆面，就势倒卧猪粪污水里。此后庞涓虽然半信半疑，但对孙膑的看管却比以前大为松懈。孙膑终日狂言诞语，哭笑无常，白天混迹市井，晚上回到猪圈。一些时日后，庞涓对孙膑的"呆傻"信以为真，完全没有了戒备。就这样，孙膑得以顺利逃出魏国。

职场或人际交往中，恰到好处的"傻"可以推销自己，可以迷惑对手，可以获得常人意想不到的成功。有这么一个故事：一个叫雅诗•兰黛的美国女人要去法国推销香水，而法国是个香水王国，有人便劝说她放弃这个念头。但她认为只有打开法国市场，她的香水才有可能打开欧洲市场。不久，她将香水摆上了法国市场，正如别人预料的一样，少有人过问她的香水。只有一些爱占便宜的小市民假装试用，将香水倒在身上，然后一个子儿不掏，扭头就走。这样的情形使得她的雇员都无法忍受了，说雅诗•兰黛不知道制止这些人，真是个傻女人。雅诗•兰黛只是笑笑："让他们用去吧，没什么。"其实，她心里想的，这些人就是活广告，可以将她的香水味扩散，带给真正的买家。果然，过了不久，雅诗•兰黛的香水迅速走俏法国市场。

有一种"傻"，它是聪明的另一种形态，较之锋芒毕露的聪明，它

更加意味深长，更具张力和弹性，具有更为广阔的空间。所以，在无声无息的人生搏击中，那种具"傻瓜"样的智者，往往会超越现状，出奇制胜。

常思己过

庸常生活中，人与人之间产生矛盾时，总是指责埋怨对方，很少反省自己；在遭遇挫折打击时，也总是愤然慨叹命运不公天理何在，很少静下心来分析自己的弱势和缺损。人生百年，命运无常，富贵或贫穷，显赫或卑微，超脱或沉迷，都是变数，一味地从外在找原因，而不从自身找缺失，是不足取的。

清代的金缨《格言联璧》有一联："静处常思己过，闲谈莫论人非。"就是告诫人们在沉静下来时，要经常自省，以是克非，存善去恶，闲谈时，不去议论别人的是非得失。韩愈也说："古之君子，其责己也重以周，其待人也轻以约。"意思是说，在检讨自己时，要严格而全面；在对待他人的过失时，要宽大而简略。

秦朝末年，失意的张良在过一道石桥时，遇到一位白发苍苍、胡须长长、手持拐杖、身穿褐色衣服的老人。老人的鞋子掉到了桥下，便让张良去帮他捡起来。张良听老人说话的刹那，心生烦躁：你算老几呀？敢让我帮你捡鞋子？话没说出来，张良就觉得自己这样待一个年老体衰之人，是大错特错的，便到桥下帮他捡起了鞋子。

谁知这位老人不仅不道谢，反而大大咧咧地伸出脚来说："替我把鞋

穿上！"张良心生不悦：好一个糟老头子，我替你把鞋捡回来了，你居然让我替你穿鞋，真是过分！然而张良是个惯于自省之人，溜在嘴边的骂声刹那就被他憋了回去。他想，怎么可以轻易对一个老人动怒呢？替老人捡鞋穿鞋是合情合理的事啊。于是，他默不作声，替老人穿上了鞋。

张良的恭敬谦让，赢得了这位老人"孺子可教"的首肯。几番考验后，老人将自己用毕生心血注释而成的《太公兵法》送给了张良。张良得到这本奇书，日夜攻读，终于成为满腹韬略、智谋超群的汉代名臣。

魏征说："以铜为镜，可以正衣冠；以古为镜，可以知兴替；以人为镜，可以明得失。"当一个人无力改变现状，无法改变别人的时候，最重要的就是换位思考，设身处地地去认清自己的缺失，努力去改变自己，完善自己，重塑自己。事实上，时刻不忘自省，常思己"过"之人，是真正知道厚待自己的人。

常思己"过"，才会摈弃愤世嫉俗之心，抚平生命的浮躁，让心胸豁然开朗；常思己"过"，才会拥有宽广恢宏的气度，扬长避短，择善而行；常思己"过"，才会更加明了人与人在交往之时，需要有一颗谦让体谅之心。

而一个不屑"思己过"惯于"论人非"的人，总会有闲言碎语，飞短流长。再好的英名，一旦搅入流言的锋刃之中，也没有不变味不走调的。众口铄金，积毁销骨，当流言病毒般蔓延起来，再光明的前程也会断送。

诚信的馨香

　　一个寒冷的冬天，年迈的马克·吐温独自在大雪中站了 3 个小时，结果染上了严重的肺炎，不幸去世。他为什么这样做？原来，他心中搁置着一件让他非常痛苦的事情：一天，他夫人临出门时，再三嘱咐他，要把出世不到四个月的婴儿照顾好。马克·吐温连声答应。他把盛放孩子的摇篮推到走廊里，为方便照料，自己就近坐在一张摇椅上看书。正值隆冬，室外气温低到零下 19 度。由于阅读入神，马克·吐温忘掉了周围的一切，甚至连孩子的哭声都没有听到。当他放下书时，忽然想起走廊摇篮里睡着的孩子，才慌忙看过去，发现摇篮里的孩子早已将被子踢在一边，已经冻得奄奄一息了。当妻子回来后，马克·吐温怕妻子责怪、怨恨，没敢说出真相，而他的妻子也只当孩子受了风寒。不久，孩子因此而病死了，夫妻俩悲痛欲绝。马克·吐温深感自己没有尽到做父亲的责任，内疚万分。但他怕妻子受到更大的打击，一直隐瞒着事实，没敢说出实情。直到妻子去世之后，他才在自传中陈述了这件使他抱憾终身的往事，而且还在大雪中受冻自虐，以此来惩罚自己的过错。

　　马克·吐温不愧是个诚实的人，为了一次出于善意却不诚实的隐瞒，

不惜以生命的代价来求得良心上的安宁。在马克·吐温的世界里，诚信，是生命中永开不败的花朵，只有诚信的馨香，才可以实实在在地安抚他无法平静的内心世界。

而被明太祖朱元璋誉为"开国文臣之首"的宋濂，更是借诚信做人立世的。小时候，他家里很穷，没钱买书，只好向朋友借，每次借书，他都讲好期限，按时还书，从不违约。一次，他借到一本书，读得爱不释手，便决定把它抄下来。可是还书的期限就快到了，他只好连夜抄书。时值腊月，滴水成冰。他母亲说："孩子，都半夜了，这么寒冷，天亮再抄吧。人家又不等着这书看。"宋濂说："不管人家等不等，到期限就要还，这是个信用问题，也是尊重别人的表现。如果说话做事不讲信用，失信于人，怎么可能得到别人的尊重。"第二天，宋濂要去还书，谁知出发时下起了鹅毛大雪。当宋濂挑起行李准备上路时，母亲说："天气如此恶劣怎能出远门呢？再说，你这一件旧棉袄，也抵御不住深山的严寒啊！"宋濂说："娘，今天不出发就会延误还书的日子，无疑会失约；失约，就是对朋友的不尊重啊。风雪再大，我都得上路。"当宋濂到达友人家里时，友人感慨万分，说："宋濂啊，像你这样守信好学，将来是必有大出息的。"

沐浴在诚信的馨香里，人生便会处于一种锐意进取的状态。诚信的馨香，足以化解是非，足以引导人生向成功的目标迈进。清朝诗人王永彬在《围炉夜话》中说得好：世风之狡诈多端，到底忠厚之人颠扑不破。末俗以繁华相尚，终觉冷淡处趣味弥长。我相信，不管在哪个时期，不管社会上尔虞我诈之风如何盛行，不管社会习俗奢靡浮华到了什么程度，忠厚诚信在人性的芬芳中永远有一席之地，宁静淡泊在生活节律中最能凸显生命的真谛。

应该说，古今中外，诚信的馨香，源远流长。现实生活中，诚信，构架着人与人之间友谊和信任的桥梁，它是开启心灵之门的金钥匙。正如法国文学大师罗曼·罗兰所说：真实的东西，才是最美的，它不会使人失望，只会让人对未来充满信心。

当善念在心中绽放

人之初，性本善。生而为人，随着生命的成长和延续，心性会不断受到环境的冲击，后天造人，人有善恶之分，也就不足为怪了。但不管怎样，善念终归根植在人类的灵魂深处，它的应时显现是本能反应、是心性使然。

第二次世界大战期间的一天，大雪纷飞，天寒地冻，欧洲盟军最高统帅艾森豪威尔驱车从法国某地返回总部，参加紧急军事会议。在荒无人烟的路途中，透过车窗，艾森豪威尔忽然看见一对年迈的夫妇无助地相依在路边，冻得瑟瑟发抖。见此情形，艾森豪威尔毫不迟疑，立即命令停车，让身旁的翻译官下车去询问。他的随从提醒说："我们必须按时赶到总部开会，这种事情还是交给当地警方处理为好。"艾森豪威尔说："如果等警方赶来，他们可能早就冻死了！"通过询问得知，这对老夫妇是去巴黎投奔儿子的，没想到汽车发生故障在途中抛锚了，正急得不知如何是好呢。此时此刻，艾森豪威尔出于人性中善良的本能，一心想尽快让老夫妇摆脱困境，便立即将他们扶到自己的车上，改道将老夫妇送到巴黎儿子的家里，然后才赶回总部。

事后，有关情报让所有的随行人员震惊不已。就在当天，德国纳粹的狙击手早已预先埋伏在他们的必经之路上，希特勒认为盟军最高统帅死定了，没想到最终还是没有得到所要的"好"消息。希特勒以为是情报不准确，他哪里知道，艾森豪威尔是因为救那一对老夫妇而改变了行车路线。一个善念，一个善举，让艾森豪威尔躲过了一场暗杀。

无独有偶，因为筹办儿子的婚事所需，一位母亲和自己的儿子乘船从孤岛出发，如果出海途中风平浪静，应该没问题。然而，在经过一道海峡时，一条海豚却在船的正前方跃起、落下，又跃起……母子俩一眼就认出，这条海豚是 8 年前他们在海滩上救助过的波波。看到波波，母亲便拿出了波波爱吃的糖饼，让儿子一个个抛给波波，波波一次次高高跃起，准确无误地将糖饼纳入口中，引来了满船乘客的喝彩。招呼打了，糖饼吃了，波波也该离开了，可是它今天一反常态，老在船头游来游去，有时还横在船头，像要阻止木船行进，母子俩想方设法让它离去，它始终没有离去的意思。波波的阻挡当然无济于事，船继续航行，进入海峡腹地，突然间狂风骤起，巨浪汹涌澎湃，排山倒海。顷刻之间，木船被砸成碎片，母亲和儿子都沉入了大海，儿子是搏风击浪的行家里手，任何情况下，都应付得来。然而，母亲却是命悬一线。

就在这时，波波出现了，只见它嘴里叼着一块木板，用力一送，不偏不倚将之送入了母亲的怀中，然后拱在木板下面向儿子迅速靠拢。母子二人浮出海面的时候，遇上了千载难逢的活命浪——"母子浪"。小浪在前，大浪在后，大浪拥小浪，后浪推前浪。就这样，儿子抱着母亲，坐在波波背上，顺水顺风，直抵安全地带。

古语有云："勿以恶小而为之，勿以善小而不为。"这是对我们为人处世的一种提醒。我相信，行善方能积德，一个人，如果能事事时时处处从

细微处入手，从身边点滴做起，怀着一颗真诚善良的心，既善待了人类苍生，也善待了自己。应该说，当善念在心中绽放的时候，得到的一定是最神奇、最美妙的回应。

"绝联"拯救

清源寺藏经阁有一本斑驳发黄的日记，扉页上写着："也许这是一个永远的谜，如同偈语，用生命揭晓的谜，又同生命一起消失……"内文记有一位名叫山田次郎的日本将军说过的一句话："答对，众人免死，先生必死；答不出，先生可免一死，众人必死。"

这句话隐藏着"二战"时期发生在清源寺的一个故事，一位中国老先生与日本将军对绝联，用自己的智慧和生命拯救了清源寺，换回了三百多名伤员战俘和僧人的生命。

那是在淞沪会战后期，因为国民政府实行不抵抗政策，导致几十万军队兵败如山倒。退守的三百多名伤员被日寇围困在清源寺内，日本鬼子蓄意杀害战俘，却又打着"怀柔"政策的幌子，玩起了"一联决生死"的游戏。

日本将军山田次郎是个中国通，战前为东京某大学汉文教授，极端狂妄自信，他颇费心机地出了"日本东出光芒照射中原大地"的上联。对出下联以三天为限。他以为，此为绝联，无一中国人可以应对。这一联的玄机在于："日本东出"是一自然现象，"日本"为主谓名词，即日为原本；"光芒"系法西斯的"三光"政策；"照"同"罩"，通通的意思；"射"

即杀；"中原"古称中国。此联"联眼"在最后两个字"大地"（即大帝）。由此联文字，可读出山田次郎用心之凶险。

上联出来之后，一天过去了，两天过去了，无人回应。清源寺和寺院中的人危在旦夕。三天后的傍晚，一位身着长衫的老先生被鬼子抓进了寺院。老先生看了上联，凝神静气，片刻之后，便握笔挥毫写了起来。在他当众写出"佛祖西来"四个大字时，山田次郎蓦然一惊，将老先生"请"进了藏经阁，假以礼仪相待，然后对老先生说："你即使对出，也要一死，今我免你一死，你从侧门山后逃走，如何？"乍一看，山田次郎对老先生有了敬佩怜惜之心。但老先生心里明白：山田次郎是真心害怕有人对出下联，扫了他的面子。如果先生不往下写，山田次郎便可以当众宣布无人对答，这样一来，既顾全了他个人的脸面，又可以"顺理成章"杀掉院内包括三百多名伤员战俘在内的所有人。

早已将生死置之度外的老先生想到这些，毅然决然地走出了藏经阁，来到墨案前，挥毫写下了后半句："神灵普度北海浮世"。写完将笔掷于案前，从容走上清光寺灵峰岩，纵身一跃，带着心中大爱绝尘而去。

你道下联"佛祖西来神灵普度北海浮世"为何会让日本将军山田次郎大为吃惊？因为按东方人的神学佛教观念，日月之神属天庭玉皇大帝和如来佛祖统治，"佛祖西来"对"日本东出"，在气势上压倒了对方；"光芒照射"是武力所致，而"神灵普度"为文心所谋，又胜一筹；接下来的"北海浮世"本义是北海道文化，引申为日本浮世文化。"神灵普度北海浮世"之句，寓意众生教化大于一国教化，而上联中"光芒照射中原大地"在神和韵上是难及万一的。

"绝联"一出，众目睽睽之下，山田次郎六神无主，容光顿失。只得灰溜溜地下令烧毁"下联"，带着失败和沮丧懊恼而去……

打造自己的实力

几个酷爱演唱艺术的年轻人，组成了一个合唱团体，一开始，他们那无伴奏的和声演唱就别开生面，赢得了非同寻常的肯定。一路走来，他们的努力没有白费，先后在 2002 年获得第十届 CCTV 全国青年电视歌手大奖赛第十名，第七届全国城市职工歌手大赛金奖，2003 年获得上海亚洲国际音乐节"十佳歌手"称号。

然而，他们并不满足于这些，而是采取各种各样的方式方法打造自己的实力。在参加第十二届青歌赛前的近一年时间里，他们每天相约来到人流如潮，络绎不绝的地铁通道，地铁站台上，他们一字儿排开，面对众多来往的陌生人，就像在演唱会上一样，放开歌喉，将所有会唱的歌曲一支接一支地唱下去。每一次演唱，他们都是那么认真，没有一丝半毫随心随意的成分，专注、用心、深情、投入。这样一种情形下，他们有过压力，有过委屈，有过伤心，有过痛苦，但他们顽强地坚持下来了。这种将自己置身于陌生境地的办法，并不是他们的独创，但作为一个团体，在将近一年的时间里，每天抽出一些时间这样去做，却是开了先例。从中，他们找到了属于自己的丰富表情、收放自如的肢体语言和对多种器乐的模仿能力。就这样，在任何场合，一当他们演唱起来，目光中透现出的一定是自信和

坚毅。

他们的演唱现代、时尚、动感，男女声合唱别有韵味；他们的音乐吸收了蓝调、R&B 等音乐风格，技巧高超；摹唱、乐器、声部的融合，给人耳目一新的感觉。在演唱中，有多达数十种的乐器模仿，牛羚、吉他、小号、长号、沙锤、喇叭、鼓……他们配合默契，节奏鲜明，旋律中还融合了少数民族风情以及西方音乐元素，他们的音乐表达具有相当高的难度，展现了较高的音乐专业水准。可以说，扎实的唱功、多变的音乐风格、默契和谐的配合、完美的临场发挥是他们成功的不二法门。

这个组合团体叫蝌蚪合唱团，在第十二届青歌赛组合演唱赛上，他们逆流而上，一路过关斩将，以让人折服的实力捧走了金奖，实现了蝌蚪变"青蛙王子"的梦想。

他们以模拟多种器乐的方式，唱出了世界上最美丽的声音。他们的成功，一方面赢在技术、赢在节奏、赢在曲目的选择；另一方面赢在平日的准备上，赢在将自己置身于陌生境地的训练方式上。正因为这样，才打造了他们良好的心理素质，有了良好的心理素质作铺垫，在临场演唱时，他们配合起来才会天衣无缝，才会在自信的目光，协调的动作，完美的和声中，演唱出最曼妙、最漂亮的中国音乐。

第四辑

因为懂得，所以慈悲

到什么时候才懂

人生在世，不懂得、不明白的事情太多太多，要到什么时候才懂才明白，是值得深思的一大人生课题。

有一次，赫鲁晓夫去参观一个抽象派画展，看着看着，他大骂起来："这叫什么画，一头驴子用它的尾巴都可以画得比这更好。"他把负责画展的恩斯特叫来臭训了一顿。不料，恩斯特也不是省油的灯，当面顶撞说："你不是艺术批评家，也不懂美学，你对美术作品一窍不通。"赫鲁晓夫自然不理会这个，反而说出一番令人瞠目结舌的真心话来："当我是一名矿工时，我不懂；当我是一名党的低级官员时，我不懂；当我在往上爬的各级阶梯上时，我不懂。但在今天，我是党的领袖，因此，我现在当然懂得，不是吗？"

位高权重了，说出来的话有分量了，说懂就懂，不懂也懂，这大概是不容置辩的人生法则。

一天，古希腊哲学家第欧根尼在晒太阳，国王亚历山大看见他后，对他说："你可以向我请求你想要的任何恩赐。"第欧根尼躺在酒桶里伸着懒腰说："靠边站，别挡住我的阳光，就是对我最大的恩赐了。"还有一次，亚历山大托人传话给第欧根尼，让他去马其顿接受召见。第欧根

尼回信说："若是马其顿国王有意与我结识，那就让他过来吧。因为我总觉得，雅典到马其顿的路程并不比马其顿到雅典的路程远。"亚历山大再一次见到第欧根尼，问："你不怕我吗？"第欧根尼反问："你是什么东西，好东西还是坏东西？"亚历山大答："当然是好东西。"第欧根尼说："又有谁会害怕好东西呢？"亚历山大一时语塞。征服过那么多国家与民族的亚历山大，在无法征服第欧根尼时感叹道："我若不是国王的话，我就去做第欧根尼。"

大千世界，很多事情可以征服，但智者的意志却不可征服。这个道理，许多人，包括那些伟大的人物，总是到了撞南墙的地步才明白。

一个城里男孩移居到乡下，从一个农民那里花100美元买了一头驴，这个农民同意第二天把驴带来给他。第二天农民找到男孩说："对不起，小伙子，我有一个坏消息要告诉你，那头驴死了。"男孩回答："好吧，你把钱还给我就行了！"农民说："不行，我不能把钱还给你，我已经把钱给花掉了。"男孩说："OK，那么就把那头死驴给我吧！"农民很纳闷："你要那头死驴干吗？"男孩说："我可以用那头死驴作为幸运抽奖的奖品。"农民叫了起来："你不可能把一头死驴作为抽奖奖品，没有人会要它的。"男孩回答："别担心，看我的。我不告诉任何人这头驴是死的就行了！"几个月以后，农民遇到了男孩，便问："那头死驴后来怎么样了？"男孩说："我举办了一次幸运抽奖，并把那头驴作为奖品，我卖出了500张票，每张2块钱，就这样我赚了998块钱！"农民好奇地问："难道没有人对此表示不满？"男孩回答："只有那个中奖的人表示不满，所以我把他买票的钱还给了他！"农民听了男孩的话，摇了摇头，又点了点头。许多年后，男孩成了安然公司的总裁，他的名字叫凯尼。

　　看似不可思议的事情，谜底一揭穿，便让人看得清楚明白，感觉中也平淡无奇了。殊不知，人与人之间生存状况的巨大落差，正是思维方式中平淡无奇的微小差异造成的。

酒桌上的出演

酒场，是一处社会人生大学，终日泡在酒精之中的人，或得意，或开心或苦痛，或伤神。

肖知兴在《酒场是演戏》一文中提到，酒，尤其是烈性酒，在酒场，往往扮演一种特殊的重要角色，越是不发达的地区，酒的作用就越大。投资者衡量一个地区投资环境的好坏，最好的替代指标，就是做成一桩生意需要喝下的酒精量。

日常生活中，我们不难发现，相对落后的地方，酒精量相对较高；愈是发达的地方，人们愈是注重诚信修为等内在涵养，而不是酒精量。也就是说，酒精量越高，投资环境越差；酒精量越低，投资环境就会相应宽松。

野蛮牵手落后，文明连着发达。很大程度上，酒精量的高低，可以看出一个地区是野蛮落后，还是文明发达。某商人，到酒风浓郁之地投资。为了成就一番事业，他不得不每天被动地吃请或者请吃。一上酒桌，就身不由己，搞得苦不堪言。有一次，他在酒桌上实在受不了，不得不站起身来离席而去，临走时他说："我不害怕打劫和绑票，为什么？我配合呀，要钱，给；嫌少，给存折；还嫌少，卖房子；再不够，卖肾。只要我配合，不会要我的命。你们劝酒就不一样了，配合不配合，都要我的命，我可是上有老下有小哇！"几天后，他撤去了所有投资，离开了那个酒精度特高的地方。

诚意敬酒，善意敬酒，谁都乐于接受。大凡文明的地方，真正的敬酒之人，是绝不会以过激的言辞逼迫他人喝酒的。然而，在某些生活层面，酒精量越高，却越有利于打开局面。官场之中，总有一些好事之人，惯于在酒桌上凭借自身的酒量，大耍风头。他们有心抛出所谓"酒风看作风"一说，意图从一个人喝不喝酒，来断定一个人的人品、性格。这样的环境，这样的场合，酒不是享用品，而是成为或利用或考验或胁迫或虐待他人的微妙工具了。

酒桌上的出演，让人际关系愈加复杂。酒精量大而欲求于人的人，会借酒献媚拍马，创设自己的"升迁环境"。某君，身处官场，有些酒量，只要一上酒桌，凡官比他大的，他都会称之为师傅，想着法子讨好迎合，结果竟然也春风得意。但是，也有意外的时候。有一次，他酒喝多了，驾着摩托车回家，经过一处漆黑的小巷时，磕在了一堆建筑工地旁的石子堆上。在医院，他的人中处缝了数针，好在伤口愈合得还不错，没留下兔唇。但远远看去，总给人胡子没刮干净的感觉。即使这样，在酒桌上，他依然故我，总会不失时机地以酒为载体，将恭维掺在敬酒辞里，获得他人的首肯。当然，天长日久，这样的套路，对于熟悉了他、看透了他的人也就无济于事了。

酒，如诗如歌如刀如剑，作为生活的调剂品，在恰到好处的时候，可以带来愉悦的心境。但是，酒这个东西，一旦上升为为人谋事的工具，

负载着成功失败、失意得意，给人的感觉也就分外沉重、别样凌乱了。

由此看来，就有利于社会进步、文明发达而言，酒桌上的出演还是低调一点的好。

名人的口才

形形色色的生活中，有些该说的话若是直接说出来，不光显得说话之人没能耐，少涵养，严重的还会造成不可挽回的后果。正因为这样，相当一部分名人，才在复杂的人际交往中，打磨出了令人叹服的口才。

有的名人生性幽默机敏。一次，一位商人见到犹太诗人海涅，对他说："我最近去了塔希提岛，你知道在岛上最引我注意的是什么吗？"海涅问："是什么？"商人说："在那个岛上呀，既没有犹太人，也没有驴子！"海涅听出对方是在侮辱他，便回答道："那好办，要是我们一起去塔希提岛，就可以弥补这个缺陷了。"商人自讨没趣，灰溜溜地走了。无独有偶，童话大王安徒生也遇到过类似的情况，有一天，性喜简朴的他戴着一顶破帽子在街上行走，路上有人取笑道："你脑袋上边那个玩意儿是什么？能算是帽子吗？"安徒生听后一笑，不假思索地答道："你帽子下那个玩意儿是什么？能算是脑袋吗？"旁人听了安徒生巧妙的应答，禁不住哄然大笑。

有的名人遇事镇静睿智。一天，生物学家巴斯德在实验室工作，突然闯进一个男子，指责他诱骗了自己的老婆。清白的巴斯德在对方提

出决斗之后，沉着地说："首先声明，我是无辜的，如果你非要决斗，我就有权选择决斗的方式。"对方同意了。巴斯德指着面前的两只烧杯说："这两只烧杯中，一只有天花病毒，一只有净水。你先选择一瓶喝掉，我再喝余下的一瓶，这样还算公平吧？"巴斯德这么一说，提出决斗的男子一下子陷入了难解的死结，他只得放弃挑战，尴尬地退出了实验室。还有一个耳熟能详的故事，齐国晏子因身材矮小，出使到楚国时，被楚王嘲讽："难道齐国没有人了吗？"晏子说："齐国首都大街上的行人，一举袖子能把太阳遮住，流的汗像下雨一样，人们摩肩接踵，怎么会没有人呢？"楚王揶揄道："既然人这么多，怎么派出你这样的人呢？"晏子回答说："我们齐王派最有本领的人到最贤明的国君那里，派最没出息的人到最没修养的国君那里。我是齐国最没出息的人，所以被派到楚国来了。"晏子睿智的口才，让楚王刹那间面红耳赤起来。

有的名人应答如流，含蓄风趣。新中国成立之初，一位西方记者问周总理："请问总理先生，现在的中国有没有妓女？"不少人纳闷：怎么提这种问题？周总理的回答却是肯定的，他说："有！"全场听后哗然，议论纷纷。周总理看出了大家的疑惑，补充说："中国的妓女在我国台湾省。"顿时掌声雷动。第一个问题没有得逞，这位记者又不怀好意地问："在你们中国，明明是人走的路，为什么却要叫'马路'呢？"周总理不假思索地答道："我们走的是马克思主义道路，简称'马路'。"另有一次，美国代表团访华，一名官员当着周总理的面说："中国人喜欢低着头走路，而我们美国人却总是抬头走路。"这句话一出口，分量可想而知。可是周总理却不慌不忙，面带微笑地说："这并不奇怪。因为我们中国人喜欢走上坡路，而你们美国人爱走下坡路。"

巧妙的应答，常能让不怀好意的问话人自讨没趣，无地自容。无疑，身为名人，如果拥有幽默、机敏、镇静、睿智、含蓄、风趣的口才，就会如鱼得水，收放自如，化被动为主动，化腐朽为神奇。反之，如果口头表达能力比较差，在交际场所、公众场合，就难免不会遇到意外和尴尬。

名人的无奈

名人有他的苦衷、歉疚、骄傲和人情味；换一个角度看名人，名人也有无奈、无助、事与愿违甚至失落的时候。名人也是人，名人的喜怒哀乐、言行举止，本质上和常人一样，也有受约束、被局限的时候。只不过名人的喜怒哀乐、言行举止更引人注目罢了。

菲律宾铁腕女总统阿基诺曾在 20 世纪 80 年代镇压了七次政变企图，她在接受电视台采访时诉苦说："我们同男性一样优秀，并且对前景有更坚定的信心，但和男人相比，我们在经受考验时，必须双倍地证明自己的能力。"柬埔寨国王西哈努克，因儿子拉那烈在柬埔寨大选中惨败，便在官方网站撰文对拉那烈及其政党口诛笔伐，声明儿子的惨败是"令人羞愧的"。也许他觉得这样对儿子很不公平，时隔不久西哈努克便写信向儿子表达了真诚的歉意，并且删除了网上的文章。施瓦辛格宣布参加加州州长竞选时，他的妻子施莱弗尽管有民主党背景，与丈夫之间存在政治分歧，但她为施瓦辛格参加公开竞选在幕后奔走，发挥着重要的作用，这正是施瓦辛格为之骄傲自豪的。日本首相小泉纯一郎，得知儿子小泉孝太郎出演的首部电影上映，特地去观看。观赏时，他的目光忽略了许多大牌演员，始终放在儿子演的角色身上，看完影片，他兴味盎然地对旁人说："他第一次拍电影，演得很不错。"

诉苦、道歉、演绎亲情，这些举动无可厚非。然而，名人也有万般无奈，有所不能的时候。布什就认为，自己的臂力无论如何不敌加州州长施瓦辛格，他与媒体见面谈到施瓦辛格时说："自己绝不会与施瓦辛格比臂力，因为无论如何卖力，也无法像他那样举重若轻。"菲律宾前女总统阿罗约在丈夫被指控有腐败和洗钱行为时，在广播讲话中说："丈夫为自己辩护是他个人的事，他和总统家庭的其他成员都不会因为我的职位而享有免于起诉的权利。无论发生什么，我都不会介入，我嫁给了这个国家。"四十年前，美国人马丁·路德金在华盛顿林肯纪念堂前发表了《我有一个梦想》的演讲，演讲所设想的是没有种族偏见的未来，以及奴隶与奴隶主的后代"同席而坐、亲如手足"的场景。演讲发表一年后，美国的种族隔离制被废除。但四十年后的今天，美国的种族分裂仍然十分明显。

名人虽然有诸多的无奈，但较之常人，名人更有说服力，更有亲和力，更具备打动人心、潜移默化的力量。所以，再无奈的名人，他的喜怒哀乐、言行举止都会为常人津津乐道，并极微妙地成为影响他人人生行为的感性参照。

名人与灵感

灵感的产生是多方位的，有来自山水、人文景观的灵感，有个人嗜好产生的灵感，有认同欣赏得到的灵感……比如女性的美貌，常是文人获取灵感的载体，类似"山是眉峰聚，水是眼波横"之句，就得之于女人秋波流转、顾盼生辉的双眸；再如气象万千的葡萄酒，常是画家、诗人及音乐家灵感的栖息地，它生动暧昧的光泽，最能体现艺术家内在的信心和梦想，天才画家凡·高就常将画笔浸入葡萄酒中，只有这样，他才能摆脱无形的焦虑，在绘画创作中变得轻松愉快。

宋人欧阳修，据说于"枕上、马上、厕上"常会灵感乍现、文思泉涌。若与"三上"不挨边，便生混沌迷茫之惑，难免会前崖后壁，思路堵塞。可见，灵感这东西，并不是任何场景下都可以得到的，只有在某些特定的条件下，它才会翩跹而来。

日本著名撰稿人残月，他寻找灵感的秘方，就是拜访名人墓地。据说他共拜访过五百多位名人的墓地，其中包括鲁迅、伽利略、歌德和奥黛丽·赫本等名人的墓地。青春年少时，他多次受到感情上的重创。为了逃避残酷的现实，于是他在文学和音乐中寻找安慰，读遍世界名著，听遍世界名曲。19岁那年，他偶然拜谒写过《罪与罚》的俄国著名作家陀思妥耶夫斯基的墓地时，产生了奇特的感受："当我站在陀思妥耶夫斯基的墓前，他的作品立即变得生动异常，似乎他在向我述说着什么。"在这以后，他开始了全球名人墓地之旅。这种特别的举动改变了他的人生，不仅给了他灵魂上的安慰，也给他带来了事业上的成功。

出色的大提琴演奏家马友友，身上虽然流淌着中国人的血液，却生在法国、长在美国。在成为世界级名人之后，别人问他："你的艺术灵感来自哪里？"他毫无疑义地回答："我的艺术灵感来自故土。"50岁那年，他回到老家宁波，在激情洋溢地演奏了一曲又一曲之后说："我不能再拿琴了，否则我会收不住，一直在这里演下去。"面对自己的根脉，他虔诚地说："感谢我的祖先，为我种植了那么多艺术灵感。"

创新中国画的代表人物石虎，擅长于从汉字里寻找灵感，他的作品在国际市场屡创高价。他对中国文字情有独钟，认为汉字是中国文化的精粹，支撑了中国人的思维，从汉字里面可以得到许多创作的启示。合乎道，有神性。而绘画和文字，都是在运用一些符号。一个画家在构建符号时，有必要从汉字里学习如何挣脱逻辑。他说："在艺术创作上，只有回到自己的母语上来，从汉字中去体悟画语，借其神性，才能有所创造。"

由此看来，获取灵感的途径因人而异，各有千秋。可以说，灵感，是由于顽强劳动而获得的奖赏，它得之在俄顷，积之在平日；灵感，是一个不喜欢拜访懒汉的客人。灵感，总是根植于生活的。任何人都有自己的生活，任何人都有属于自己的灵感，若能及时把握，它就能给你一双翱翔的翅膀，助你飞向成功的彼岸。

文人自恋

　　凡俗之人，都有自恋的成分，只是有的外露，有的内敛而已。女人自恋，最能顾影自怜，男人自恋，难免有排他情绪。

　　既为文人，大凡都有些才气，就像美女恋自己的容貌一样，文人从骨子缝里珍视着自己的才气。当然，自恋的文人形形色色，各不相同。有的沾沾自喜，我行我素，眼中别无旁物，常常会不顾场合营造纯粹的个人感受；有的爱张扬，表现欲旺盛，一有点什么成就，就会瞅准时机，拿出来大肆铺张；有的却能保持低调，再值得赞誉称道的事，都不会有心在人前说道，也不会借助传媒炒作。

　　文人的自恋古已有之，写过《离骚》的屈原大夫，就有着严重的自恋情结，虽身为男人，却常以香草美人自居；卓尔不群的胖才子苏东坡，性格豪迈，诗词汪洋恣肆，清新豪健，他在《赤壁赋》中抒发的又何尝不是一种自恋情结？一代枭雄曹操也算得上是个文学大家，但自恋欲极强，因不满足于幕僚对其文学造诣的奉承，竟在赤壁战场前沿阵地摆酒设宴，让几十万人围绕自己，横槊以赋诗；当代有名的文学大家贾平凹，其作品《废都》就是一部表现自我的作品，他算不上书法家，但他曾经在媒体上声称自己的书法已自成一体，并命名为"平凹体"，当然，这种自恋他自己意识不到，但旁人却看得一清二楚；散文大家余秋雨爱刻意地将自己塑造成完人形象，在封笔之作《借我一生》中，表现出了强烈的自恋和对别人的不尊重，因此惹火烧身，引来了众多攻击。

文人自恋，无可厚非。是人，没有谁希望自己不受关注，哪怕是旁人口是心非，说点奉承话，也会忍不住高兴一下。文人自恋的另一种方式，就是贬低他人来提升自己，这种方式本小利大，被贬的对象越有名，贬家可资自恋的本钱也就越丰实。可以肯定地说，大凡名家，其成名的要素，有真才实学的成因，最主要的还是"吹捧或贬低"的魔棒在发挥作用。

如今，网络是个宣泄的好去处，现代流行的博客，实则为众多有自恋情结的人提供了充分自恋的空间，自己的文自己的字，往往是自己浏览的次数远远超过了别人。网上论坛更是展示自恋情结的地方。我常在"文友网"的潜水，发现文友之中，有自恋情结的不在少数，有那么几个人，爱在网上交锋，这是不显山露水的炒作方式，但也宣泄着特别的自恋情绪；有大事小事爱发帖的，总摆出一副世故老道，深不可测，与众不同的派头；有看似热情洋溢，实则有"醉翁"之意的，在同一件事上，能不遗余力地将自己的形象最大化……

当然，炒作无可非议，自恋绝非坏事。自恋有自恋的理由，大多数自恋之人确实在某个方面有过人之处。而要保持这一份感觉，就必须不断汲取生活和知识的养分，在时间的内存里不断刷新自己。所以说，自恋不仅仅是自我欣赏，更重要的，自恋可以激发一个人的求知欲和创造力，让潜力和才智得到最大限度的发挥。

善小而为

很多细小的事情，平常我们并没有认识它有多大利害，一旦爆发成危机，才知道它的重要性。比如如厕后不洗手，这是一件小事吧，但常识告诉我们，人与人之间接触，最有可能通过手将病菌传染给别人。即使如此，依然有 40% 的男性和 20% 的女性便后不洗手。2003 年世界范围内爆发了一场惊心动魄的非典疫情，资料显示，疫情严重的地区，有 95% 的男性和 97% 的女性开始养成了便后洗手的习惯。

小而不为、走走看看、日后再说常常让人追悔莫及。网上有这样一则笑话：一个眼高手低之人，习惯于事事只看眼前。有一天他不知从哪里搞到一本"葵花宝典"，迫不及待翻到第一页，上书八个大字"欲练神功，必先自宫"，为了光大武术事业，他没有接着翻第二页，便动手将自己"咔嚓"了；等翻到第二页，见到的八个字却是"若不自宫，也能成功"；慌忙看第三页，不看则已，一看，他只有吐血倒地的分了。原来第三页上有这样几个字："就算自宫，未必成功"。有一句话说："魔鬼存在于细小之中"，因为懒得翻开"宝典"的第二页，这个眼高手低之人一不小心就将自己变成了废人。这虽然是一则笑话，却从小处给人以启迪。

善小而为常常可以起到意想不到的效果。一家菜馆在夏天来临的时候，因为天气炎热，厕所气味难闻，菜馆老板看在眼里放在心里，每天安排职员在小解处放些冰块，化解那些"腾腾"的气味。这一来，食客觉得菜馆老板肯为顾客着想，一传十，十传百，便有很多食客光顾这家菜馆，一时间，菜馆的生意空前兴隆。

善小而为是素质优劣的显著标志。一次性的塑料杯，是普通得不能再普通的用品，用一次作废似乎是天经地义的，可有人似乎就显得特别"吝啬"。有一次，到某校进行学术交流的马克教授从小车上出来，手里还带着一个刚使用过的一次性塑料杯，杯里甚至留着被浸泡过的茶叶和喝剩的茶水。学术交流完毕，马克先生又带上了那个一次性塑料杯。当旁人笑问缘由时，马克先生说，一是为了节约，能用就继续用；二是为了环保，不乱扔"白色垃圾"。马克先生的绿色环保意识和高度的社会责任感由此可见一斑。

可以说，善小而为孕育着大智慧，是最人性化的行为。应该说，现代人比以往任何时候都懂得"不以恶小而为之，不以善小而不为"的含义，都知道该从身边的点点滴滴做起，比如不乱扔垃圾、植一棵树、参加一次公益劳动、放生一群被捉的青蛙……这样的事情都是"善小"之事，但只有人人养成善小而为的习惯，人与人之间、人与自然之间才会和谐互动，社会发展才会凸显光明灿烂的美好前景。

话不能说得太满

谁都明白，说话是一门艺术，会说话的人，话往往说得稳妥、严谨、留有余地，不善言辞的人，话常常说得偏激、绝对、满装满载。后一种情形，常常会造成"祸从口出"。可以说，职场上，话说得太满，一不小心，就会将人推入尴尬的境地。

许多面试场合，为发掘有用人才，考官总会想方设法给考生设置一些陷阱，如果考生以自负的方式，自负的语气说话，将话说得太满，往往会功亏一篑。比如说，考官要考生介绍面前纸杯的好处，待考生从多个角度极尽溢美之词回答完后，考官又让考生介绍这个纸杯的坏处，如果一开始话说得太满，肯定就难有回旋的余地了。

生而为人，不要自己给自己设一堵墙，否则，难倒的只能是自己。有这么一个高校毕业生，到某企业应聘，为了证明自己"对这个企业的价值"，不假思索地夸下海口："一年内，我能实现500万的利润。"殊不知，该企业业务分散，就是经验丰富打拼多年的市场人员，一年的业绩能逾500万者也寥寥无几。面试官问："你是否了解公司最近的动向？你实现这个利润的具体方案是什么？"毕业生张口结舌。因为话说得太满，无回旋空间，他在这一环节理所当然被淘汰出局。

　　美国有一个非常著名的推销员在谈到他为什么会成功时，讲过这样一个故事。一次他在推销《幼儿百科全书》时对一家人说，他的这套书能解答孩子们提出的任何问题。然后他又对那家的孩子说："小朋友，你随便问我一个问题，看我怎么从书上找到你想知道的答案。"这个小朋友问："上帝坐的是什么牌子的车子？"这个推销员听此一问，当时就面红耳赤，无以言对。从这次经历中，他总结出一个经验，那就是：话不能说得太满，牛皮不能吹得太爆。正因为他明白了这一点，后来他借此走上了成功之路。

　　日常生活中，常常会出现一个群体对另一个群体做出评价的情况，比如男人对女人做出评价或是女人对男人做出评价时，话如果说得太满，往往会一篙子打翻一船人。其实，只要我们是活生生的人，又何尝不知道，某个男人的不是，未必就是所有男人的不是；某个女人的问题，未必就是所有女人身上存在的问题。可以说，生而为人无绝对，不会有绝对的好和坏，不会有绝对的美和丑，不会有绝对的近和疏……为人如此，为文又何尝不是如此，如果靠抑春夏来扬秋冬，文章再浮华，再灿烂，也掩盖不了肤浅的成分，这样的文字自然算不上好文字。

平安在心上

那天，春色融融，风光宜人。打开车窗，轻柔的风掠过脸颊，掠过发梢，给人极好的感觉。我将手伸出窗外，太阳抚着，轻风揉着，不知不觉就沉入了梦乡。不知过了多长时间，车身猛烈颠簸了一下，将我从梦中弹醒，伸出去的手随即缩进了车窗，就在这一刹那，一辆大货车擦着中巴车呼啸而去，我心跳急速加快，惊出了一身冷汗。如果不是事有凑巧，中巴车将我从梦中颠醒的话，那只手一定不保了。

再次遇险是在一个冬天，刚下过一场大雪，我乘一辆大巴回家过年。那天，天气阴沉，冷风飕飕。九曲回肠的山岭，地上的积雪一点也没有融化，大巴像蜗牛般小心翼翼地爬着，快到山顶的时候，车轮因积雪和路面的原因，在原地打滑。尽管司机踩足了油门，搅得雪花飞扬，还是没有半点效果。司机无奈，让所有的乘客下车，我等十来个坐后面的乘客抱着侥幸心理没有下车，司机也没说什么，下车安上防滑链后，返回驾驶室，踩下了油门。大巴咆哮着，向前开出了一段距离，在我们以为没事了的时候，意外发生了，也许是因为油门加得太大，大巴一下子熄了火，刺溜溜沿斜坡慢慢滑了下去。这一刻，我们清醒地意识到将会发生什么，我们连肠子都悔青了。好在司机还算镇静，他一边用力地踩着刹车,一边用双手灵活地打着方向盘。"嘭"的一声,车身撞在后面的一棵树上,车轮被一块岩石顶住,奇迹般地停了下来。当我们知道自己还活着,而且一点也没有受到损伤的时候,激动得不能自己。

更为惊险的是一个晚上,因为长途奔波太过疲劳,我双手搭在方向盘上,可上下眼皮直打架。为了赶路,我勉强开着车颠颠簸簸在山路上走着,为看清路面,我将车灯打得亮亮的,直射前方,前面有两棵树,两棵树之间被车灯照得白亮白亮的,我确信那是路面,于是照直开了过去,就在我接近那两棵树,弄明白那是刚刚升起的雾气的时候,我心惊肉跳地用力向刹车踩了下去,车总算停了下来。我下车一看,见前轮落在伸出路面的一块岩石上,下面就是绝壁深渊,不由得双腿发软,坐在地上站不起来了。后来请路过的司机帮忙,大家推的推,拉的拉,才将车倒了回去。

生而为人,如果一而再再而三地遭遇险境,生死悬于一线,总会有幡然醒悟的时候。那时,一定会拥有一份善待人生、珍视生命的心境。平安在心上,热爱生命、呵护平安原本是人生的必修课,再平淡再困顿的日子,只要拥有平安,就具备了足够一生慢慢咀嚼的幸福。

回头吃草

　　电视剧《李小龙传奇》里有这样的情节：李小龙在美国开武馆，推广中国武术，在取得了明显的成功时，他却放弃了。他放弃的原因，是因为他有着更高的追求：进军好莱坞。然而，由于种族歧视，李小龙的武学才华虽然超众，但还是被关在了好莱坞的大门之外。李小龙遭遇了事业上的严冬，生活也陷入了十分艰难的境地。为了生活，他的妻子琳达不得不找了份女佣的工作。在这种情况下，琳达劝说李小龙重操旧业开武馆，以摆脱生活的窘迫。李小龙听了琳达的意见后说：好马不吃回头草。琳达说：既然是好马，还明明知道回头有草，为什么不吃，等着饿死呢？

　　"好马不吃回头草"本意是说良骥走出马厩奔向宽阔无垠的草原，瞥见鲜美可口的嫩草后，沿着选定的路线一直吃下去，不是东啃一嘴，西吃一口，丢三落四地再回头去补吃遗漏的嫩草。这种吃草法，体现着良骥身上优秀的品质。然而，现实生活中，人们所理解的"好马不吃回头草"，就是遭受再大的挫折，也绝不走回头路。如果遇事一味这样，势必失去生命的弹性。设想一下，一匹精良的马从草原上走过，眼前全是绿油油的青草，它边走边吃，且行且远，草也越来越少，再往后，就是沙漠了。

只要回头，它还可以吃到美味的青草，但它心中搁着"好马不吃回头草"的理念，不管不顾地一直走下去，最终，只能在饥饿的折磨下，倒在沙漠中。

由这句话，忽然就想到了这么一个故事：一片麦田旁，三个人被告知要在不走回头路的情况下选择一棵麦穗，看谁选的最大。第一个人刚下麦田，就兴冲冲地选择了一棵看起来还算够大的麦穗；第二个人下田后，走走看看，了解着麦子的长势，走了大半程后，他选择了一棵他感觉最大的麦穗；第三个人深信"最好的进球是下一个"的名言，在麦田里一直走下去，总觉得前面还有更大的麦穗，结果一直走到了麦田的边上，因为不能回头，只得随意摘了一棵麦穗。在人生面临选择时，如果一味要作"不吃回头草"的"好马"，很多情况下，最大的麦穗就只能留在回忆之中了。

所以说，琳达的话是很有道理的。"好马不吃回头草"，虽然在某种程度上体现了一个人的境界和风骨，但有时，也是意气用事的一种表现。当人生陷入困境时，就必须直面现实，避免意气用事。如果前方的路一时行不通，如果回头有草，为什么要硬着头皮不回头呢？

现实生活中有很多人，因为上了"好马不吃回头草"的套，原本可以成为有所作为的"好马"的，但因为这句话，最终成了没有作为的"好马"。人的一生，除了时间一去不回，其实有许多事还是可以"回头"的。所以说，真正的"好马"，在适当的时候，要学会抛弃那些捆绑心灵的观念，选择"回头吃草"。

相貌的偏见

漫长的人生中，一个人惯常的心灵状态和行为方式总是伴随着自身下意识的表情，这些表情经过无数次的重复，便会铭刻在脸上，留下特殊的纹路。眼神是最难掩饰的，内心空虚的人绝难拥有睿智的目光，其粗俗一望而知。但是当你面对爱因斯坦的肖像，即使没有读过他的著作，从他宽容、幽默、略带忧伤的神情，就能判断出他是一位非凡的智者。怪不得叔本华说："人的外表是表现内心的图画，相貌表达并揭示了人的整个性格特征。"

日常生活中，戴着一副堂而皇之的面具，隐藏真实自我，隐藏自我偏见的人，在一定条件下，比如在招聘情境下，其内隐化的相貌偏见就会表现出来，这就是人们常说的以貌取人。缘于这一点，我们所处的世界，相当一部分人是看重自己的相貌、在乎自己的表象的。但是，一个人如果一味在乎别人对自己的表面印象，而忽视了内在的涵养，比如智慧、德行、气质等，那么，在他漫长的一生中，是注定无法有所作为，有所建树，获得成功的。

事实上，是不是相貌就一定能够展现人的内在素质和内心世界呢？不然。很多情况下，外在的相貌很难看清一个人真实的底蕴和价值。据

说，孔子和苏格拉底都是相貌极其古怪的人，但他们品德高尚，智慧超凡，取得了无与伦比的成就。

拿中国古代的四大丑女来说吧，她们的相貌一个比一个丑陋，但她们一个个都成为父母教育子女的典范。相传丑女之一嫫母形同夜叉，丑陋无比。而她的德行，则是当时女人们的楷模。因为嫫母的智慧非比寻常，黄帝便娶嫫母为妻。她不负厚望，一边对其他女人实施德化，一边协助黄帝作战，击败了炎帝，杀死了蚩尤。诗人屈原曾给予嫫母极高的评价："妒佳冶之芬芳，嫫母姣而自好"。丑女之二齐国无盐县人钟离春，据史书记载，她的额头、双眼均下凹，上下比例失调，肚皮长宽，鼻孔向上翻翘，脖子上长了一个硕大的毒瘤，头上没有几根头发，皮肤黑得像漆。但她志向远大。当时执政的齐宣王，性情暴躁，喜欢听吹捧，谁要是说了他的坏话，就会有灾祸降临到头上。钟离春为拯救国民，冒着杀头的危险，赶到国都，齐宣王见到了钟离春，以为是怪物来临。当钟离春一条一条地陈述了齐宣王的劣迹，并指出如再不悬崖勒马，将会城破国亡时，齐宣王大为感动，把钟离春奉为一面宝镜，断然将钟离春立为王后。丑女之三孟光又黑又肥，模样粗俗，力气之大，能把将军、武士操练功夫的石锁轻易举起，被看成是无法管束的蛮婆，加上她极丑，家里人做好了嫁不出去的准备。可仍有媒人替孟光与一丑男搭桥，孟光开口道："我只嫁给梁鸿，其他任何人都不嫁！"梁鸿是当时的大名士，文章过人，儒雅倜傥，堂堂的美男子，传说当时不少美女为他得了相思病。因此孟光对媒人的回答，一时被国人传为笑料。但梁鸿看中孟光的品行，毅然娶了孟光为妻。后来，梁鸿落魄到吴地当佣工，孟光毫无怨言地随同前往。梁鸿每次劳作回家，孟光都是把食具举至眉平，再恭恭敬敬地递给梁鸿，留下了"举案齐眉"的佳话。丑女之四阮女是三国时期魏国许允的老婆。传说新婚之夜，许允一见她的模样吓得要跑。阮女一把拉住许允，许允

一边挣扎一边说："女人有四德，你占了几条？"阮女回答："我只是没有漂亮的容貌，读书人应有的百行，你又占了几条？"许允说："我百行都有。"阮女回答说："据我所知，百行以德行第一，你只喜欢女人漂亮的面孔，不喜欢女人的德行，怎能说条条都占呢？"许允无言以对，感到阮女见识不浅，共同生活了一段时期后，深感阮女的品行非一般女人所及，就这样，二人相亲相爱，度过了美满的一生。

由此看来，相貌终究只是一种表象，很多情况下，它无法阐明一个人的智慧能力、内心世界，所以说，通过相貌的美丑去窥视人生的是非曲直、成败得失是有失偏颇的。

第五辑

推开心灵的围墙

理规之外的景观

把几只蜜蜂和几只苍蝇装进一个无色透明的玻璃瓶中，然后将瓶子平放，让瓶底朝着光亮，便会看到：蜜蜂不停地在瓶底找出口，直到力竭倒毙为止；而苍蝇则会在不到两分钟的时间内，穿过另一端的瓶颈安然逃逸。事实上，正是由于蜜蜂对光亮的敏感，以为出口在有光亮的地方，才导致了它的消殒。而苍蝇对光亮并不敏感，才会不囿于常规，发现出口。蜜蜂之所以飞不出瓶子，就是因为太遵循理规。同样，人的一生如果总是死守理规，便会因此失去许多机会。

纷纭的民间传说中，崇阳有个黄廷煜，有一天，他出游江西修水县城，见一家颇有气势的门楼前聚了很多人，一打听，才知道是一家名号为太乙堂的老药铺房重金请人题店名，几个文士因客套在那儿你推我让。黄廷煜见了，说："先生们既然这般谦让，那我就不客气了。"那些文士见眼前的老者身穿短褂，脚踏麻鞋，像个长工脚夫，完全不知恭谦礼让，便有心看他的笑话。药店老板是个有见识的人，见黄廷煜虽然穿着不佳，但仙风道骨，气度不凡，便含笑让到了一边。只见黄廷煜飞身跃上七尺

高的脚手架，大笔一挥写就了"大乙堂"三个字。老板一看哈哈大笑："先生才高八斗，这字颇具柳颜风骨。"当即令人拆了脚手架，设宴答谢黄廷煜。那班老文士见字体笔力遒劲，也一个个暗自佩服。看了一阵，其中有一人说："老先生，太字少了一点吧！"店老板一看，忙说："找张梯子来，让先生补一笔。"哪知黄廷煜怡然一笑，取过一张硬弓，将笔搭在弓上，信手拉弦将笔"嗖"地射了出去。不偏不倚，"大乙堂"变成了"太乙堂"。就这样，不重客套的黄廷煜，写字也闹了个出人意料，成就了"箭笔改字"的佳话。

还有一次，黄廷煜在武昌遇到两个人，一个叫石文斗，一个叫潘丹月。他们因帮穷人打官司弄得身无分文。黄廷煜看他们是好样的，便给他们出了个主意，让石文斗卖黄鹤楼，潘丹月买黄鹤楼，卖价千两银子。还吩咐他们在写买卖契约时，在黄鹤楼的"鹤"字上做点文章。随后，找到一位仗义富商借了三十两银子，拿着契约到江夏官衙去完税盖印。掌管契税的官员接过契约一看，上面写着："立卖黄鸟楼宇，石文斗因经济拮据，合家情愿将黄鸟楼卖给潘丹月名下，永远营业，外人不得干涉……"契税官以为卖的是一家经营鸟类的店楼，便收了税银，在卖契上盖了鲜红的大印。第二天，二人来到黄鹤楼收租钱，游人说："黄鹤楼是公共场所，什么时候成了你们的私人财产？"潘丹月拿出契约，说："官府都承认是私人财产，买主当然可以收租钱。"这件事被江夏县令知道了，将潘丹月传了去，一看契约，还真的是黄鹤楼。再找来管契税的官员一对质，知道契约上的红印章也是真的。县官无奈，告知武昌府制台。制台是个明白人，说："这两个人是吃诉讼饭的内行人，强行收纳卖契是不妥的，只能拿银子将黄鹤楼卖契赎回来。"江夏县令只得找到石、潘二人，好言相商，以百两银子赎回了契约。

理规之外，别具洞天。黄庭煜之所以被人传颂，正是因为具备了超越常理、打破常规的本领。可以说，超越常理，展现的是别样的一种人生景观；打破常规，是让一个人步向成功的不二法门。

围　　墙

　　某考察团到美国考察，辗转了许多大城市，如夏威夷、拉斯维加斯、洛杉矶、纽约、费城，都没有发现围墙，甚至在政府首脑机关要地，也是只见楼房，不见围墙。因为没有围墙，一方面增加了城市的通透性，另一方面提高了绿地和道路的使用率，使城市变得更为通畅美丽。

　　有人说，围墙可以起到圈定地界，维护安定的作用。这样说，只是片面看到了围墙的"好处"，才在心中具备了围墙情结。殊不知，围墙除了枉占地皮，耗费财力人力物力之外，还会造成许多生活上的不便。记得某媒体报道过这样一件事：某大院内的一户人家，小孩半夜突然生病，情况很危急，医院本来近在咫尺，一眼就看得见，却因为围墙的存在，家长只好抱着小孩，走出大门，绕墙几十分钟才到医院，结果差点误了小孩性命。由此看来，围墙的存在，除了给一些人心理上竖了一道屏障外，并不能带来多少好处。

　　也有"有心"之人，推开了围墙，以可以产生经济效益的门店取而代之。这样做，看似给生活带来了一定的方便，但屏障依旧，尤为不堪的是，原有的卫生环境和生态环境随之遭到了破坏。所以，要真正推开围墙，就要在推倒围墙之后，做到以生态效益为重，栽树铺绿，种花养草，拓展道路，实实在在地优化生态环境和生活环境。

废除围墙，造绿化带，这在西方许多发达国家都做到了。因为没有围墙，不少居民别墅选择建在林间、山上、水边，与大自然融为一体。人们不但没有因缺少围墙而感到不安全，反而觉得四通八达，开阔疏朗。然而，在我们的生活中，围墙依然无处不在，有看得见的，也有看不见的。看得见的围墙有必需的，比如监狱的围墙，动物的圈墙等。也有完全不必要的，比如城市各单位之间，各楼群之间的围墙。可以想象，拆除了这些围墙，美化这些地方，城市一定会是另一种情致，别一番景象，一定会更加通达、透明。

借助国外的成功经验，推开外在的围墙，好处显而易见。其实，在人与人之间，因为缺少理解，产生怀疑，看不起他人，自私和劣根性的存在，常常会在心与心之间竖起围墙。生而为人，最可怕的就是全世界把围墙都打开了，自己还在一意孤行地建造禁锢灵魂的看不见的围墙。

所以，除了外在的围墙，还有内心的围墙。要推开内心的围墙，最重要的，是加强心与心的沟通，同他人达成心灵的共识与和谐。只有这样，社会才能不断地走向和谐美好。

粗俗与精致

经常有人会问：生活是什么？生活应该是什么？我们生活过吗？这样的问题没有答案。生活无法定义，每个人都有自己的生活。当然，硬要分类的话，不外就是粗俗与精致。谁都想拥有精致的生活，可对大多数人而言，精致离现实太远，因此只能粗俗地活着，只能以粗俗的方式感受人世间的喜怒哀乐。

生活无处不在，在公共汽车上，在煎饼摊前，在大街上，在音乐酒吧……有人叼着烟卷，有人旁若无人地嚼着食物，有人说着脏话粗话，有人吹着口哨……同时有了怪异的发型，有了让人无法接受的行为艺术，有了五花八门的文身，有了乞丐服，有了嬉皮士，有了争风吃醋，有了尔虞我诈，甚至有了打斗、有了拼杀……

时尚人的心目中，粗俗的生活因为随心随意而变得时髦，具体到所在的住所，可能就是这样的情形：凌乱不堪的写字桌、靠墙根放着的油画和镜框、从未叠过的床铺、放在地上的咖啡杯和电脑键盘、盛满烟蒂的烟灰缸、从不收拾的餐桌、沙发上永远搭放着的不穿的衣服、随手乱扔的啤酒罐……该放桌上的放地上了，该放地上的挂墙上了，甚至白天夜晚常常处于错位的状态。

粗俗并不拒绝在人前衣冠楚楚，待人接物脸上挂着和善，但粗俗的行为和言语常常是一不小心就迸了出来。大街上行走时眼睛滴溜溜专往漂亮女士脸上扫，办公室没人时一双脚也会翘到桌子上，无聊的时候讲荤段子、吹口哨，半夜回家将门踢得山响，生怕没人知道。

连贾平凹这样的大家，也在《废都》里写了那么多粗俗的生活，字里行间粗俗的场面比比皆是，试想一下，没有经历过粗俗，又怎么会有这么多粗俗的体会？而钱锺书先生这样的高人，对粗俗的生活也并不反感，有一次他坐马车，马车夫一路上骂的话简直不能听，可他还是听了，并且将这些写成了文字。

官场上的粗俗，不同于平民百姓的粗俗，它透露出的是冷漠、蛮横和霸道。记得有一则报道说，为在春节前后清理解决好拖欠民工工资问题，某省委省政府下发了专门通知。可某县置通知精神于不顾，堂堂副县长竟当着上百名民工的面说出了"有屁用"之类的粗俗话，这样的粗俗恐怕是没有人可以接受的。

有道理的粗俗可能成为对历史的补充，可能成为茶余饭后嚼舌头最合适的资本。史学家理查德·扎克斯在探讨拿破仑在滑铁卢失败的原因时，认为是这位大人物很不幸地痔疮发作，不能骑在马上指挥作战，疼痛的屁股改变了历史的进程。一个无法证实的原因，给严谨而有秩序的历史上划开了一道口子。扎克斯在粗俗方面很有专长，当他讲到乳罩时，很自然就过渡到了母乳喂养；讲到性器时，一般都跟偶像崇拜形成对照。他用粗俗来对抗严肃，用一种地地道道的粗俗的思辨方式来构架另外一个历史。

粗俗地活着，是因为现实生活中有太多的无奈，但粗俗地活着并不

等于关闭了自己的梦想之门，人，总是向往有朝一日能拥有精致的生活，虽然眼下是以粗俗的方式磨砺每一个迎面而来的日子，但始终没有忘记一步一步向精致的生活逼近。

贫穷如刺

　　我入住的病房中，先我而入的有两位病人，一位是肾结石患者，是来自外地的不到三十岁的年轻人，他年轻漂亮的妻子虽然每天陪伴着他，燕语呢喃般在他耳边幸福甜蜜地说着悄悄话。但从言谈中得知，他的住院开销已经很大了，经济状况有些紧张了，虽然还没有完全康复，但由于这个原因，三天后，还是办了出院手续。

　　另一位做过胃切除手术的患者，是一名中等专业学校的退休教师，大嗓门，性情执拗，他总说他的病没什么大不了的，熬啊熬，熬的时间够长了，他吵着要出院，并说出院后半年期限一过，还得有节制地喝点小酒，否则这日子就没一点嚼头了！他妻子没有工作，虽然有些唠叨，却是个热情能干、体贴入微的女人。也许真如她所说，她丈夫的一条命是她没日没夜奔波陪伴捡回来的。为什么？就因为家中不能没有他，他是一家的经济支柱啊！最后的切片报告出来了，一切正常，癌细胞没有扩散。我看见她站在他的床头，双手合在胸前，一脸喜色地说："谢天谢地啊！"刹那间，两行清泪就流过了她的双颊。我知道，这是因为她觉得，她的奔波、她的操劳、她的爱得到了应有的报偿。很快，他也出院了。据说，她家里还有一个残疾儿子需要照顾，我想象不出一个弱女子是怎

样渡过这些难关，面对这些困境的。

上面两位病人出院后，又住进两位胃出血患者，他们都病得不轻。不用跟他们交谈，我就知道他们的家境。一位是在外打工的年轻人，住了两天院，暂时将出血症状止住就离开了。离开的原因就是没钱交费，医院给停药了，被褥也被以其他理由搬走了。他是不得已离开医院的。另一位是看着就厚道的中年男人，是个失败的生意人，据说，由于他狠不下心来，很多外账一直无法要回来。两天之后，他的药也停了，原因当然也是没钱了。他拿出手机不断地打电话，不断地和人联系，却并不见有人送钱来。后来还是他老婆找到他的原单位，要来几千元钱，据说这钱是他一次性买断工龄的单位拖欠的。

同一病房进进出出的病人中，有家境还算过得去的，也有家境不堪的。就我来说，老婆三十几岁就下了岗，没了经济来源，好在我还有一份固定的薪水，可以用来维持家庭最基本的生活开支，加上在工作之余，我可以加班加点码字赚点稿费。所以老婆赋闲，孩子上学，对父母尽一份人子之责……所有这些，只要没有大病大灾，我尚且能够从容应付，我不富有但绝对没有沦落到贫穷的地步。但从这些病人身上，从这些并不鲜见的诊疗流程中，我看到，贫穷分明是带刺的，它扎在人身上，让生命个体隐隐作痛之时，常常只有束手无策、万般无奈的分了。

那些站在贫穷背面，财源滚滚的富人，在医院一掷万金对于他们来说是常事，在对待自身的事情上，他们绝不会含糊。而且他们中有头有脸的人物，一旦住进病房，不管是真情还是假意，总会有人川流不息、走马灯似的来探望。

所见所闻，我悟出了这样一个道理：我们所处的世界，不管走到哪里，

心智是银，
行动是金

不管生活水准发生多大变化，富有和贫穷总是难以消除的，在生活的肌体中，贫穷如刺，它让生命显得弱小苍白，它带来的无奈和痛楚几乎无所不在。

闲话出名

　　真正意义上的出名，即成名——是指作为人这样一种生命个体，在其生命历程中，进入了一种被公众认可的辉煌灿烂、高山仰止的人生状态。要达到这样一种状态，离不开个人自身的禀赋和努力——它彰显着"三分钟"与"十年功"的关系。当然，也透着常态下不可捉摸的命运变数和人生机缘。大凡真正的名人，都有堪称传世的东西留下来。如曹雪芹的《红楼梦》，李白、杜甫、辛弃疾、柳永等唐宋大家的诗词，王羲之的字，徐悲鸿的马，齐白石的虾，梅兰芳的戏剧等。

　　不管在历史上，还是现代生活中，多样化的成名途径，成就了一批又一批名人名家名将名流，他们的成名之路，或崎岖泥泞，或寂寞悲苦，或淌血流汗……总之，他们付出了较之常人要多得多的代价，正是因为他们成名的极不容易，所以无论何时，他们的名字总是铮铮有声地留在人们的记忆深处，烙在人们的心坎儿里。

　　随着社会的发展进步，出名的途径花样迭出。在当下，若真想出名，轻而易举的办法多得是。有人感慨系之，总结出了一夜成名十法，即：一疯二变三阉四贱五脱六赛七骂八诗九绯十吐等。比如"五脱"之"脱"，就是最简捷的出名途径之一。脱的方式也很多，有明脱的，暗脱的，真脱的，假脱的，有依法脱的，有非法脱的……总而言之，都是为名而脱。当然，诸如此类的出名，不外乎就是利用人类的猎艳心理，吸引一些人好奇的眼球罢了。它与辉煌灿烂、高山仰止的人生状态是挨不上边的。

更多是被媒体炒作出名的。李敖之女李文就是一例。有一次，她为了推销自己滞销的图书，不得不应书商之约到现场签名售书。一到现场，她就被媒体记者盯上了。翌日，就有媒体说，李文借她父亲的名气炒作，还煞有介事地说李文跟她父亲李敖一样快言快语："我当然是在利用父亲的名气来炒作，他是我老爸，我为什么不能借他的名气呢？别人怎么想关我屁事。"像李文这样，有个会骂人的父亲，不想出名都不行。还有一种炒作法，就是第一天出新闻，第二天再否认这条新闻。据说球星皮雷就是在这样的新闻效应中成长起来的。事实上，有些媒体不会过多考虑新闻的准确性，如何耸人听闻才是关键。这些媒体之所以能层出不穷地爆出许多秘闻，都是钱在说话。

大千世界，芸芸众生，有的人，没想过要出名，只是不懈不怠地追求着一种人生境界，最后，在他人心中，他成了真正的名人。有的人，连要出什么样的名都没弄清，只因一时头脑发热而不管不顾，最后落得个身败名裂。可见，一方面，出名并非易事；另一方面，名这个东西是不可以随便出的。

闲话男人流泪

"男儿有泪不轻弹，只因未到伤心处"，这一说法有失偏颇。事实上，生而为男人，并非只有伤心之时才会流泪，很多情况下，男人的泪水饱含着感激和感动。苦不会让男人流泪，痛不会让男人流泪，只有在灵魂受到强烈震撼，尊严被无情践踏时，男人才会流泪。男人流泪分两种，感动之时长流热泪，绝望之时挥洒冷泪。

男人因爱流泪，在他投入了全部感情，却得不到应有回报的时候；或是他将全部的爱给了她，却因外在的原因，两个人无法走到一起的时候。男人因她的谅解流泪，在他做了对不住她的事，甚至遇到了麻烦，她不仅原谅了他，还帮他收拾了残局的时候；或是他步入困境，她毫不留恋地离去，而平日里他无暇顾及的双亲，想方设法帮他走出困境的时候。男人因人情冷暖而流泪，当他在生活中遇到麻烦，或是急需一笔钱，平日热络的朋友没人帮他一把，反而是他最不喜欢的人或是少有来往的人帮他渡过难关的时候。男人因被欺骗而流泪，他携她走入婚姻殿堂，有了孩子，当他为此而高兴，她却宣布孩子不是他的时候。男人因失却尊严而流泪，他深深地爱着自己的妻子，无怨无悔地为她付出了很多，却意外地看到她投入别人怀抱的时候……

　　尘世间，男人是刚强、坚毅的化身。一个男人面对人生的伤痛，巨大的生存压力，无穷尽的生活挫折，也许会表现出适度的沉默，偶尔还会掠过一丝不易察觉的苦笑，但大都会默默地扛着，因为男人知道自己背负的责任，如果不是遭受了沉重的打击，在亲人面前，他给予他们的，永远是阳光、温暖和希望。

　　平日里，男人为了证明自己的阳刚，将可以宣泄的情感紧紧揣着，深深藏着，在公众场合，男人是难以做到"声泪俱下"的；男人的泪大多是偷偷流出来的，没人的时候，男人会"向隅而泣""潸然泪下"。男人的泪，为人、为事、为情而流。诸葛亮挥泪，为严明军纪，挥袖之间，强压着心底的悲痛；杜甫垂泪，为英杰而哭，一句"出师未捷身先死，长使英雄泪沾襟"，让人悲从心来，泪湿衣襟；李煜泣泪，为国破家亡，"问君能有几多愁？恰似一江春水向东流"，这"春水"，不正是一代帝王的泪水吗？

　　男人不是没有泪水，"男儿有泪不轻弹"，才让男人的泪水较之女人的泪水更为珍贵，更为悲壮。男人流泪，或为真情，或为别离，或为无奈，或为怀想，或为屈辱，或为绝望……总之是五味俱全，糅合着许多复杂的成因，是绝对不可一言以蔽之的。

心灵之狱

曾经有三个前美军士兵站在华盛顿的越战纪念碑前，其中一个士兵问道：你已经宽恕那些抓你做俘虏的人了吗？第二个士兵回答：我永远不会宽恕他们。第三个士兵评论说：这样，你仍然是一个囚徒！显然，回答"我永远不会宽恕他们"的士兵心中有狱，所囚的不是别人，正是自己。事实也是这样，不宽恕别人就是不放过自己。

为自己设置过"心狱"的人，又怎会不了解凡·高躺在沙地里，画着苍老的枯树时是怎样的心情？设身处地地想一下，寂寞孤苦的凡·高画那些鸢尾花、向日葵、麦田、苹果园时，需要付出怎样浓郁的情感啊？正因为如此，凡·高那骚动却压抑的凄美生命，才会在无法抓住的虚空里，极度无奈地向自己的身体开了一枪。硬汉子海明威呢，在他活着的时候，什么都有了，他深谙"当你有了，你就没有了"的人生哲理，以致"无缘由"地步入了难以自拔的"心狱"之中。这正是他毫不犹豫将猎枪塞进自己嘴里，用手指完成生命最后一个动作的缘由。

一个想生而与众不同的人，难免会活得很累很寂寞。无形之中，他为自己构筑了滋生痛苦的"心狱"。有一句话说：感受痛苦是哲学。还有一句话说：痛苦，可以让一个人的智慧高度凝聚。在比现实的牢笼还要黑暗的心灵之狱中，生命所遭受的苦难，常常是没有极致的。更为不堪的是，在这背后，崇高、价值、正义等笼罩着神圣光环的字眼，不可避免地会涂抹上浓重的悲剧色彩。人，最可怕的不是疾病，不是牢狱，而是"心狱"！心灵一旦陷入牢笼，即使再光芒的思想和才华都会黯然失色，再强烈的信心、勇气和对生命的热望也会萎缩和消亡。而这"心狱"是谁设的呢？是自己！没有人能打败你，只有你自己！要逃离"心狱"其实很简单，在生活的每一天中，真诚对待你见到的所有人；肯定自己，多给自己一些积极的暗示；远离浮躁，走出自我，抓紧一分一秒去做有意义的事情。

生活中，有形的牢笼跟无形的"心狱"比较，反而会透出几许宽泛。人的一生，如果一颗心总被烦恼困扰，被痛苦煎熬，这种状况较之身在牢笼是有过之而无不及的。痛苦，往往不在痛苦本身，而在于一个人对痛苦的态度。生活中的困难也是如此。人生有限，我们要生活地更幸福一些，最好的方法就是对事对物对待人生有一个幸福的态度。只有这样，才会走出"心狱"的囚禁，快快乐乐走过漫长却短暂的一生。

幸福的蕴涵

在张家界游黄龙洞，进洞百余米，有两道石门，一曰长寿门，一曰幸福门。面对"鱼与熊掌不可兼得"的选择，有人犯难了。导游说："进去时走长寿门，出来时走幸福门，不就两全了？"听导游这么一说，大家觉得有理，便依次从长寿门走了进去。应该说，导游还是把握了常人心态的。有人说"活着就是幸福"，作为生命个体，希望长寿是一种本能，进长寿门本身就包含有幸福的成因；当然，"幸福门"所蕴含的幸福，不是"活着的幸福"那么简单，它是人类活动中更高层次的一种需求。

马斯洛理论把需求分成生理需求、安全需求、社交需求、尊重需求和自我实现需求五种，越往后移，能够满足和实现这些需求的人数也就越少，到第五种层次，能够实现的人已是少之又少了。这种人往往发现了自己身上所承载的东西，便穷尽毕生精力，甚至甘愿牺牲其他的一切，来完成神圣的使命。一般来说，前四种需求得到了满足，就可以称为是幸福的人。能够实现第五种需求的人，就是伟大的人了。像罗素、马克思、牛顿、孔子、李白等就属这一类。更有甚者，如诗人杜甫、画家凡·高，他们一生穷困潦倒，连基本的温饱都未得到满足，却能够跳过低层次去追求高层次的需求，实现自己的人生价值，给后人留下宝贵的艺术财富，他们所拥有的幸福就是给别人带来高雅的享受,这样的幸福堪称大幸福。可以肯定地说,我们所处的世界这样的人越多,就会愈发明媚、温暖、灿烂。

当然,就常人而言,幸福的感觉是融于日常生活的琐琐碎碎之中的,它来自于各个层面:一是努力创造财富——财富可以提高一个人的社会地位,让人自我感觉良好;二是有知足感——不与别人比高低,高收入而不知足的人,是难以过上"好日子"的;三是拥有社会性才智——处理好形形色色的人际关系,实际上就掌握了开启幸福之门的钥匙;四是有良好的性格——幸福的感觉在某种程度上与生俱来,它决定着一个人的好情绪是否能及时地达到感知点;五是拥有姣好的容貌——生活偏爱美貌之人,诱人的脸蛋儿具有高度匀称、和谐的美,匀称的身材反映了好的基因和健康的免疫系统,漂亮的人儿因拥有健康的肌理而更有幸福感;六是拥有友谊——友谊是幸福的源泉;七是拥有美满的婚姻——全世界的社会学家都认为:已婚者比未婚者更幸福,幸福的人愿意结婚并保持良好的婚姻状态;八是有高尚的信仰——信仰是构成幸福的积极因素,它是对付不幸与灾难非常有效的方式,它让人们活得有希望;九是拥有博爱之心——不是身不由己的慷慨大方,而是发自内心的利他行为;十是善于放弃——时时刻刻怀有积极情绪,抓住可以带来幸福的事情,放弃容易产生心烦的事情。

不管你平凡不平凡,要真正把握幸福的蕴涵,不仅需要认识自己可能拥有的一切,还需要看清自己永远不可能拥有的一切。

性感与感性

　　台湾漫画家朱德庸在论女人时有这样一句话：女人如果不性感，就要感性；如果没有感性，就要理性；如果没有理性，就要有自知之明；如果连这个都没有，她只有不幸。

　　性感，是生而为人的一种特别的肢体语言，一种难得的境界，有着不可抵御的魅力。正因为这样，它才成为大多数女人一生不懈追求的东西。时下，制造性感、欣赏性感、展示性感的圈子众多，玩性感的名女人也不在少数，可以说，大多数形体类表演都是以性感为切入点的。前不久，美国女舞蹈演员蒂塔·万提斯在法国巴黎狂马酒店裸体进行了现场"淋浴"表演，全方位展现了她火辣的性感身材，令人血脉偾张；最近，她又在伦敦拍摄了一组火辣辣的照片，再一次多角度艺术化地展示了身上所具有的性感元素，不能不令人浮想联翩。

　　性感是可分的。有视觉的性感，也有内在的性感；有媚俗的性感，也有优雅的性感。也就是说，有的人性感在骨子里，撩人于无形之中，这样的性感是从身体内部自然散发出来的；有的人外表看起来性感，却没有半分神采，毫无疑问，这样的性感是没有什么生命力可言的。有人说，运动的女人最性感；也有人说，具有独立、创新和反叛精神的女人最性感；

还有人说，美丽中掺和着野性，具有强烈征服欲的女人最性感。关于女人性感的说法甚多，但可以肯定，最耐人寻味的性感是超越视觉的，美丽、丰满、野性可以是女人性感的成因，但绝对不是全部。应该说，最完美的性感，是先天造化和后天努力的聚合，它由内及外，由表及里，举手投足间，无不散发着无穷的魅力。

感性与性感不同，它是一种知性美，当你对一个人具有了感性，他（她）的性感吸引了你，你心中才会产生感性美，你才可能对他（她）一见钟情。因为感官得到了性感的刺激，才有了感性的敏锐。男女之别，在于男人希望女人性感，女人企求男人感性。当男人看到梦露那条裙子被风吹起的照片时，会在心里由衷地赞叹："性感！"这正是男人的感性，它是有感而发的一种真实的性情。女人的感性凸显在她的母性上，花凋叶落，云卷云舒，都会挑动她内心深处的那根琴弦。明明是虚构的电视剧，却可以让一个感性的女人洒下无数感性的热泪。女人的感性也凸显在她对事情的好恶程度上，比如看球，女人常常只是凭感性来看球，她看的是球星们帅气的动作，健美的身材，英俊的长相，在她们的感觉中，踢球时的男人才是男人中的男人。所谓的规则和胜负，所谓优美的脚法、传球的技巧、精妙的配合，在她们心中都可有可无。

可以说，具有性感和感性的女人，是完美的、优秀的。缺少了性感，作为女人就要大打折扣，就会寡淡无味，摇荡不起生命的激情；缺少了感性，就失去了女人的恬静温婉、真挚深切、柔情细腻，就更加没有女人味可言了。

以小过为过

　　南宋罗大经《鹤林玉露》有个"一钱斩吏"的故事：北宋年间，张乖崖在崇阳当县令时，常有军卒侮辱将帅、小吏侵犯长官的事。张乖崖认为这事很反常，下决心要整治一番。一天，他在衙门周围巡查，见一个小吏从府库中慌慌张张地走出来。张乖崖叫住小吏，发现他头巾下藏着一文钱。那个小吏支吾了半天，才承认是从府库中偷来的。张乖崖把那个小吏带回大堂，下令拷打。那小吏不服气："一文钱算得了什么！你也只能打我，不能杀我！"张乖崖勃然大怒，判道："一日一钱，千日千钱，绳锯木断，水滴石穿。"为惩罚这种行为，他当堂判斩了这个小吏。

　　张乖崖摆出"水滴石穿"的道理杀了小吏，自然有滥用刑法之嫌。但小吏不以小过为过，招来杀身之祸也是自取其咎。小过与大过是相对而言的，《书太甲》曰："天作孽，犹可违，自作孽，不可活。"也就是说，天降灾祸，尚有逃避的机会，人若是自找灾祸，则是无法挽救的。小吏就属自招灾祸之人。

　　《每人只错一点点》一书中，记载了这样一个故事：巴西海顺远洋运输公司派出的救援船到达出事地点时，"环大西洋"号海轮消失了，21名船员不见了，海面上只有一个救生电台有节奏地发出求救的摩氏码。救援人员看着平静的大海发呆，谁也想不明白在这个海况极好的地方到底发生了什么，导致这条最先进的船沉没。这时有人发现电台下面绑着一个密封的瓶子，打开瓶子，里面有一张纸条，有21种笔迹，上面这样写着：

一水理查德：3月21日，我在奥克兰港私自买了一个台灯，想给妻子写信时照明用。二副瑟曼：我看见理查德拿着台灯回船，说了句这个台灯底座轻，船晃时别让它倒下来，但没有干涉。三副帕蒂：3月21日下午船离港，我发现救生筏施放器有问题，就将救生筏绑在架子上。二水戴维斯：离港检查时，发现水手区的闭门器损坏，用铁丝将门绑牢。二管轮安特耳：我检查消防设施时，发现水手区的消防栓锈蚀，心想还有几天就到码头了，到时候再换。船长麦凯姆：起航时，工作繁忙，没有看甲板部和轮机部的安全检查报告。机匠丹尼尔：3月23日上午理查德和苏勒的房间消防探头连续报警。我和瓦尔特进去后，未发现火苗，判定探头误报警，拆掉交给惠特曼，要求换新的。机匠瓦尔特：我就是瓦尔特。大管轮惠特曼：我说正忙着，等一会儿拿给你们。服务生斯科尼：3月23日13点到理查德房间找他，他不在，坐了一会儿，随手开了他的台灯。大副克姆普：3月23日13点半，带苏勒和罗伯特进行安全巡视，没有进理查德和苏勒的房间，说了句"你们的房间自己进去看看"。一水苏勒：我笑了笑，也没有进房间，跟在克姆普后面。二水罗伯特：我也没有进房间，跟在苏勒后面。机电长科恩：3月23日14点我发现跳闸了，因为这是以前也出现过的现象，没多想，就将闸合上，没有查明原因。三管轮马辛：感到空气不好，先打电话到厨房，证明没有问题后，又让机舱打开通风阀。大厨史若：我接马辛电话时，开玩笑说，我们在这里有什么问题？你还不来帮我们做饭？然后问乌苏拉："我们这里都安全吧？"二厨乌苏拉：我回答，我也感觉空气不好，但觉得我们这里很安全，就继续做饭。机匠努波：我接到马辛电话后，打开通风阀。管事

戴思蒙：14点半，我召集所有不在岗位的人到厨房帮忙做饭，晚上会餐。医生莫里斯：我没有巡诊。电工荷尔因：晚上我值班时跑进了餐厅。最后是船长麦凯姆写的话：19点半发现火灾时，理查德和苏勒的房间已经烧穿，一切糟糕透了，我们没有办法控制火情，而且火势越来越大，直到整条船上都是火。我们每个人都犯了一点错误，但酿成了船毁人亡的大错。

这张绝笔纸条，清晰地记录了这个事故发生的全过程。

有人曾这样问过美国作家马克•吐温："小过与大过有什么区别？"马克•吐温答："如果你从餐馆里出来，把自己的雨伞留在那儿，而拿走了别人的雨伞，这叫小过。但是，如果你拿走了别人的雨伞，而把自己的雨伞留在那里，这就叫大过。"马克•吐温的回答是幽默的，他告诉我们，小过与大过之间其实没什么本质区别。很多坏事常由小的先兆起头，所谓"千里之堤，溃于蚁穴"，就是这么回事。小过与大过之间并没有隔着千山万水，恶行往往是由小而大，由轻而重的。怪不得刘备会在《诫子书》中写上这么一句："勿以恶小而为之，勿以善小而不为"。

小吏若能及时悔过，"环大西洋"号上的每个人若能及时纠错，又何至于酿成悲剧。其实，很多情况下，自然与人为是彼此互动的。小过与大过，幸运与不幸，常常近在咫尺。一个人，明智不明智，就看在日常生活中，是不是懂得时刻警醒自己，做到防微杜渐。应该说，能以小过为过，及时改过，是为大智。有了大智，方能化解人生的厄运。

音乐人的脸

"呼吸是你的脸，你曲线在蔓延。"这是王菲在歌曲《脸》中唱到的两句。我以为，这样形容音乐人的脸，真的很贴切。音乐人的脸真的就在声道上，在一呼一吸之中。即使闭上眼睛，也能借助心灵的感知和交响，看见脸上起起伏伏的喜怒哀乐，长长短短的爱恨情仇，迷离抑或真切的人生坎坷。恍惚间，我们会觉得，灵动的呼吸在心灵的牵引下，穿越时间长廊，穿越岁月沧桑，蔓延着一份执着，蔓延着几缕清愁。

中国第一现代古筝演奏家常静与知名音乐人欧阳永亮联合制作的一首名为《呼吸》的后现代纯音乐作品，以最现代的音乐配器与古筝的结合，营造出一种前所未有的特色音乐，表达着在喧嚣的城市中生活的群体，内心渴望纯净天空，渴望自由呼吸的一种理念。作品中的水声、呼吸声、箫的空荡悠扬、古筝的高山流水，构造出一幅美妙绝伦的音乐山水画："给你最纯净的呼吸，给你最美的感受"。这样的一种音乐理念，不正是音乐人生动真实的脸吗？

生活中，我见过许许多多背着乐器在人生旅途中流浪的音乐人，他们流浪到我面前的时候，我的第一感觉总是，他们的脸上闪烁着音乐，他们的手指间流泻着音乐。不管风雨阴晴，不管什么场合，他的脸都发

散着音乐的阳光。当音乐洗涤着他们的时候，他们会显出别样的生机，他们一举手、一投足都生动而鲜明，如律动的音符。他们不是明星，不是精英，不是公众人物，他们只是普通的音乐人，他们的呼吸间，他们的手指缝里，他们一举一动的背后，都包含着一个个鲜活动人的故事。

在一些场所，音乐人因拥有美丽的脸庞而愈发具有魅力；在另一些场所，音乐人脸上的沧桑无形之中就塑出了音乐人生命的弹性。不必苛求音乐人的脸要多么光彩照人，在我们的世界里，任何外在的终究只是有限而短暂的，真正深刻而隽永的都有着内在的特征。

有了神奇的音乐，我们还能苛求什么？我们希望所有音乐人的脸都如诗如画吗？我们梦想所有音乐人的脸都艳若桃花吗？不能。只要真正的音乐一旦来到我们面前，我们就一定可以沉溺，一定可以为那张写满乐谱的脸而久久沉溺，这样的时候，我们所接受的才是一张真正的音乐人的脸。

面对听众的时候，音乐人的脸一定得有自己的个性，一定得有说服力，一定得一看上去就有音乐绽放。这是我对音乐人的脸的感知。在我的知觉里，音乐人的脸不光是生动的、可以说话的，还是可以谱曲的。一张真正的音乐人的脸会将曲谱谱进人们的心坎里。

永远的支撑

《快乐老家》这首歌中有这样一句歌词："快乐是永远的家。"我想，一个感觉里很快乐的人，可以有一千个快乐的理由。但可以肯定，没人分享的快乐，特别是没有可以亲近的人分享的快乐，就一定不是真正的快乐。一个人，无论权势多大，金钱再多，成就多么显赫……只要一旦失去了亲情，任何快乐都显得缥缈而短暂。所以从更深层的意义上说，拥有亲情，快乐才会深刻而持久；拥有亲情，才会永远拥有家的感觉。

对家的理解：社会学家说，家是社会的单元，是社会最小的细胞，婚姻学家说，家是风雨相依的两人世界，文学家说，是宝盖下面养着的一群猪。说法可以有一千种一万种，但我以为，亲情，是家永远的支撑，没有亲情，就无以言家了。

有这样一个故事：某天，一个富翁喝得酩酊大醉，睡在马路上，一名警察走过去扶起他，说："先生，让我扶你回家吧！"富翁咕噜着说："家？我哪来的家？你扶我，我就回得了家吗？"警察大惑不解，指着不远处的别墅："那不是你的家吗？"富翁指了指自己的心窝，又指了指不远处的那栋豪华别墅，极感伤地回答："那不是我的家，那只是我住的房子。"

还有这样一个关于家的例证：南非种族分裂的内战时期，许许多多

的家庭备受战乱之苦。有一个大家庭原来有几十口人，最后只剩下一个老祖母和一个小孙女，老祖母年事已高，病入膏肓，心如止水，就等着到天堂报到去了。当她得知小孙女尚在人间，便坚定了活下去的信心，决心要找到她。她历尽千辛万苦，辗转数万里，找遍了非洲大陆，终于找到了她的小孙女，她激动得紧紧地和小孙女拥抱在一起，这时老祖母说了一句意味深长的话："到家了！"她有钱，有财产，但在她的心中，哪怕只有两个人，只要可以相互牵挂，就意味着有真正的家了。

一个人拥有亲情的时候，房子钞票也许是一生的梦想；而当有朝一日失去所有亲情，才会真正感到，家并不是物质的，只要有亲情的存在，任何地方都可以是自己的家。家是和亲情紧紧维系在一起的，拥有一份亲情，就拥有一个真正属于自己的家，一个人的奢华舒适，一个人的豪宅大院是不能称之为家的。

亲情是家的全部内容。在人生的路途上，只要还有一个期待、一个愿望，就一定是关于亲情，关于家的。有亲情在，家便有归宿。否则，房子只是房子，一堆没有感情、没有表情、没有色彩的冷冰冰的砖瓦或钢筋水泥的组合而已。一旦失去了亲情或温情这些珍贵的东西，对于名人来说，那儿是故居，对于平民百姓，则只能说是曾经居住过的地方了。

飘逸的长须

　　有一种说法叫相由心生，还有一种说法叫以貌取人。可见，相貌在一定程度上可以表达或者说是可以凸显一个人的涵养，也可以左右他人的判断力。"长须"，作为个人"面貌"的组成部分，融入人们的思维定式也就理所当然。在众多现代人眼里，长发长须，是一种艺术特质。比如说某某是一名画家，他是否有得意的作品，是否加入了美协，那是后话，首要的是留没留长发长须，如果既有长发又有美髯，人们首先会从感情上对其画家的身份表示认同。

　　因此，在现代，通常的概念里，男人留着长须，有两种可能，要么此人是艺术家，为了美，为了酷，为了有型，留了长须，长须因此成了他的体征，凸显着他的身份气质；要么此人是街头流浪汉，流浪汉根本就没想过要留长须，长须的出现，是因为流浪汉从来就没有打理容光的概念。

　　古代男人，讲究堂堂须眉，因此有须眉男子一说。身为男人，如果胡须长得好看威风，常易获得美髯公之誉。因此，古代男人没有哪个不愿意留长须的。如果没留长须，可能就是因为没法留——要么是太监，要么是不男不女的人妖。那么，是不是古代男人天生都有艺术气质，或

是天生就惯于做流浪汉呢？当然不是。

很多人像我一样猜测过，古代没有现在方便，现在什么样式的剃须刀都有，三下五除二就可以把满脸胡子搞定。那时还没有发明刮胡刀，要解决胡子问题，只能动用剪刀，用剪刀太麻烦不说，还剪得不好看。再说古代女人看惯了男人的长须，以长须为美，就像现代男人习惯了女人留长发一样。因为这些原因，古代男人自然而然留起了长须，而且是一个比着一个留，越长越有味，以被人誉之为美髯公为快为荣。

孔子在《孝经·开宗明义》中说："身体发肤，受之父母，不敢毁伤，孝之始也。"可以说，孔夫子的话是有着深远影响力的。在儒家思想里，身体发肤是不能自行随意处置的。因为儒家思想的左右，在古代中国常人的意识里，有胡须才是正常男人，剃须割发则是囚犯的标志，更是侮辱人格的一种外在形式。为了突出长须之美，飘逸的长须甚至由生活搬到了舞台上，成为戏剧中必不可少的道具。

由此看来，古代男人留长须，是为了遵循旧礼教，旧传统，大多是身不由己。我们日益丰富、包罗万象的现代生活中，依然有那么一些好留长须之人，但较之古代，留长须者少之又少也在情理之中了。

最美的胡子

我读大学时，学校有一次搞书画比赛，我画了一幅与徐悲鸿奔马神似的奔马参展，同班有位同学以点彩法画了一幅马克思的头像，形似神似，一幅很好的头像，特别是马克思的大胡子看了令人眼前一亮。

正因为这样，他的这幅画在学院书画比赛中获得了好名次。以前，我经常见马克思、恩格斯、列宁、斯大林的头像，但马克思的胡子在我的记忆中留下的深刻印象，还是因为同学画的这幅点彩头像。

今年三四月份，我在市委党校学习，党校教授在课堂教学中又一次提到了马克思的胡子。提起马克思的胡子，他眉飞色舞、神采奕奕的神态，令人倾倒。他介绍说，英国某个组织举行了一次别出心裁的选美比赛，选出世界上最美丽的胡子。

结果，卡尔·马克思凭其茂盛茁壮、有款有型的大胡子一举夺魁，苏俄作家格里高利·拉斯普京、美国演员布劳恩·普雷斯顿、耶稣基督紧随其后，其他上榜者包括列宁、狄更斯、达尔文、林肯和革命领袖卡斯特罗等。

　　我的印象中，除了上述这些人，还有尼采桀骜不驯的胡子，美国乡村音乐之父肯尼·罗杰斯浓密如森林般的胡子，马克·吐温顽皮的白胡子，萨尔多瓦·达利超现实主义的胡子，以及希特勒、本·拉登的胡子，等等。

　　其实，马克思的胡子，是有其时代特征的，可以勾勒出一个时代的精神风貌。十八世纪，是一个不留胡须的世纪，这一点可以以俄国沙皇彼得一世为证。1699 年彼得一世从西欧回到故国便全面西化，其中就包括下令全国男子必须剃光胡须。

　　胡须成了保守的俄罗斯观念的标志，彼得一世甚至推行一种胡须税，在各城市的城门严格检查，根据身份征收 1 戈比到 100 卢布不等：地位越高，罚得越多。

　　到十九世纪上半叶，各诸侯国明令禁止，文职人员包括大学教授不得蓄胡，否则必须辞职。就在这个时期，德国旧政体的反抗者们留起了"民主主义者之胡"，所谓"教授胡"作为十九世纪教授阶层以及知识分子的典型标志开始盛行，并最终战胜了保守势力。1830 年大革命后，胡子成为具有反抗意味的政治审美意识载体，成了革命者的专属形象，1848 年大学生抗议运动的斗士们也都将身体风格化，示威性地蓄着络腮胡。马克思于 1835 年进入波恩大学，1842 年在耶鲁大学获得博士学位，正好赶上这股革命风潮，于是留下了胡子。

　　应该说，名人的胡子同凡人的胡子没有本质上的区别，胡子之所以有名，与人有关，与胡子无关。我们认识了爱因斯坦的《相对论》，才知道睿智的他爱蓄唇须；爱上了《蒙娜丽莎》，才记住了达·芬奇的美髯；迷上了齐白石的《虾》，才发现齐白石是一个可亲可爱的长须老人……

　　我想，马克思的胡子之所以深入人心，在世人心目中成为最美的胡子，不是因为他的胡子本身有多美，更不是因为他的胡子时尚、个性、性感，而是因为他的思想之美、修为之美、人格魅力之美，让他生命的天穹闪烁着夺人心魄的光辉。